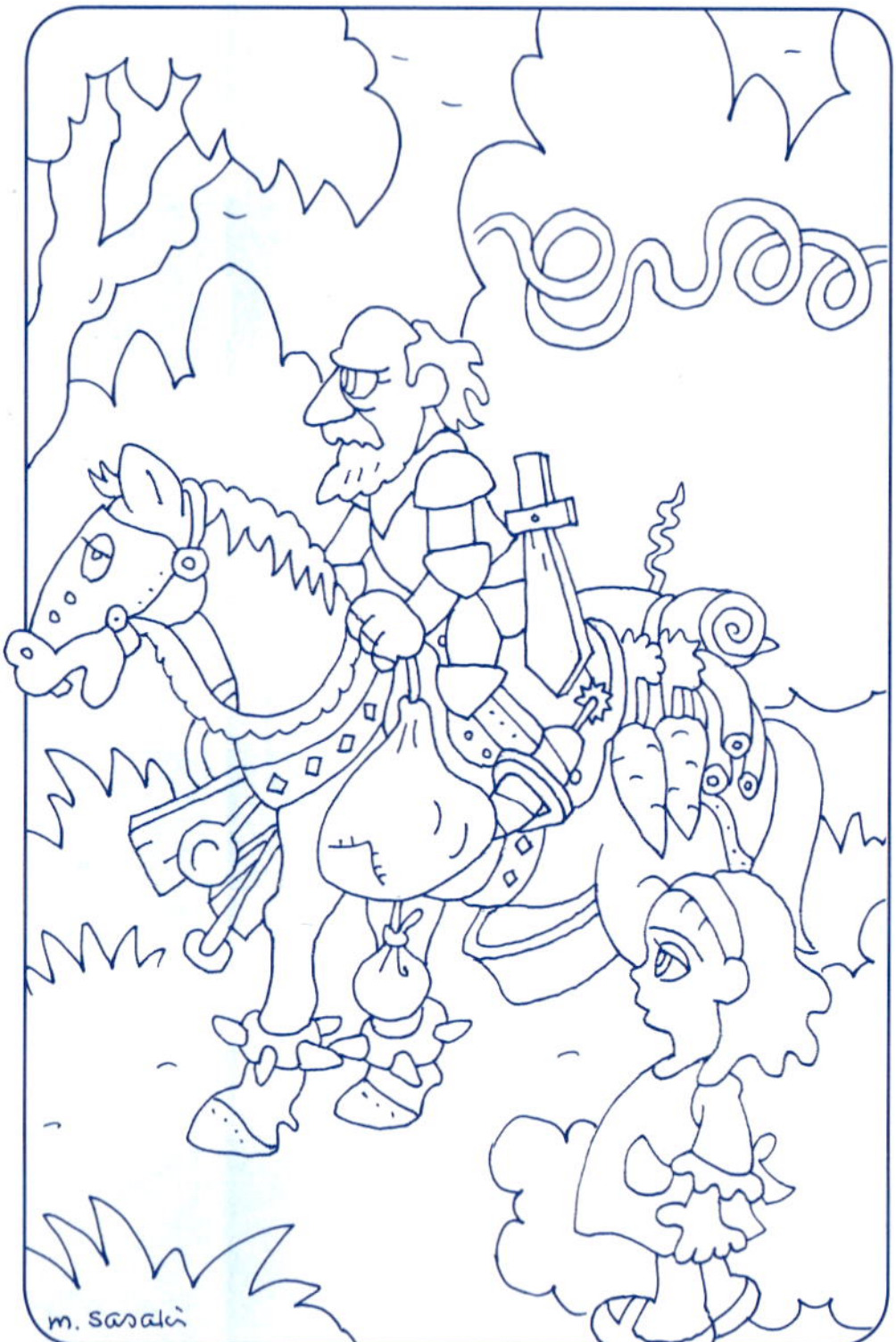
m. sasaki

LEWIS CARROLL

THROUGH THE LOOKING-GLASS, AND WHAT ALICE FOUND THERE

translated
by HIROSHI TAKAYAMA

illustrated
by MAKI SASAKI

鏡の国のアリス

ルイス・キャロル

高山 宏 訳

佐々木マキ 絵

亜紀書房

THROUGH THE LOOKING-GLASS,
AND WHAT ALICE FOUND THERE
by
LEWIS CARROLL
First published in 1871
Akishobo edition published in 2017

雲ひとつなき真澄《ますみ》のひたい
　驚きの夢みる目した子！
時疾《と》くも流れ、我ときみ
　齢《よわい》半生もへだたれど、
きっと笑《え》まいしてにこりと
　おとぎ話の贈り物、迎えてよ。

照る日のようなその顔、見てない、
　銀のようなその笑い、聞いてない。
私の影など、あるわけない、
　これからのきみの日々のなかに——
でもきっと満足、きみがもし今、
　私のおとぎ話、聞いてくれれば。

その昔はじまった話、
　夏の日がかがやいていた時——
我らの舟こぐ手の動きに
　ただ鐘がその音《ね》あわせた時——
その音なお記憶にこだまする今、
　年月妬《ねた》んで「忘れよ」と言うが。

さあ、耳をお貸し。怖ろしい声あり、
　にがいことどももろとも、
きみをいやな寝床に追いたてぬうち、
　悲しみのおみなごよ！
年とれど我らも子は子、
　近づくとむずかる、おねむの時を。

外は霜、めくらませる吹雪《ふぶき》、
　嵐吹き、狂おしく陰うつ——
内は暖かい炉にかがやく火、
　そして子らのしあわせの巣。
魔法のことばがきみを守り、
　吼《ほ》えたけても気にもせぬ嵐。

もしため息の影が
　話のなかにふるえているとして、
「しあわせな夏の日々」去ったから、
　夏のかがやき消えうせたからといって、
それが悲しみの息を吹きかけることはない、
　我らがおとぎ話のたのしみに。

一八九七年版序文

次のページに示したチェスの問題については読者の中には頭の中がこんぐらがる方もいるかと思われるので、言っておくと、それは指し手については正しい。赤と白の交代についてはおそらくルールは正しく守られていないし、クィーン三人の「キャッスリング」というのは、ただ三人が文字どおり城に入ったと言いたいだけのことである。六手目で白のキングのくらう「チェック」、七手目の赤のナイトの捕獲、最後に赤のキングがつきつけられる「チェックメイト」は、実際に指示通り駒を並べて指す気になった人ならだれしも理解するように、完璧にゲームの法にのっとっている。

「ジャバウォッキー」詩（二十七ページ）に現れる新語は、どう発音するかでいろいろ議論があったようだから、その点についても何か言っておくべきかと思う。「すらぬら」は「すら」「ぬら」と二語であるかのように発音する。「くるくる」「きりきり」はあえて濁音にせず。「らす」はお風呂の「バス」と韻を踏むように発音。

こうして六万一千部を迎えたところで、木版（一八七一年にはじめて彫られて以後使われていないので、その時のよい状態のままである）から電気版にしたから、本全体が新しい活字で生き返った。この再版の芸術的な面での質が元の版に比べて何かの点で劣っているとしても、それは作者、発行者、あるいは印刷者が手を抜いたからということではない。

よい機会だから言っておくが、いままで定価四シリングで売られてきた『子供部屋のアリス』を、そろそろ普通の一シリング絵本と同じ価格にさげる必要が出てきている――といって、どこをとってもそうした絵本よりは絶対にすぐれているという自負はあるわけだが、本文そのものがすぐれているかどうかは、作者自身は言えない。わたしにいきなりかかってしまった負担は非常に重く、四シリングでも決して高くないのであるが、「どんな芸術的なできばえであろうと絵本に一シリング以上かける気はない」と世間では言われていると聞かされては、わたしとしては自分の「身銭を切っての」負担とする他ない。子供たちのために書いたのにその子供たちが持てないというのはやっぱりおかしいので、作者からすればあげるというに等しい値段でお手もとにお届けしている。

一八九六年クリスマスに

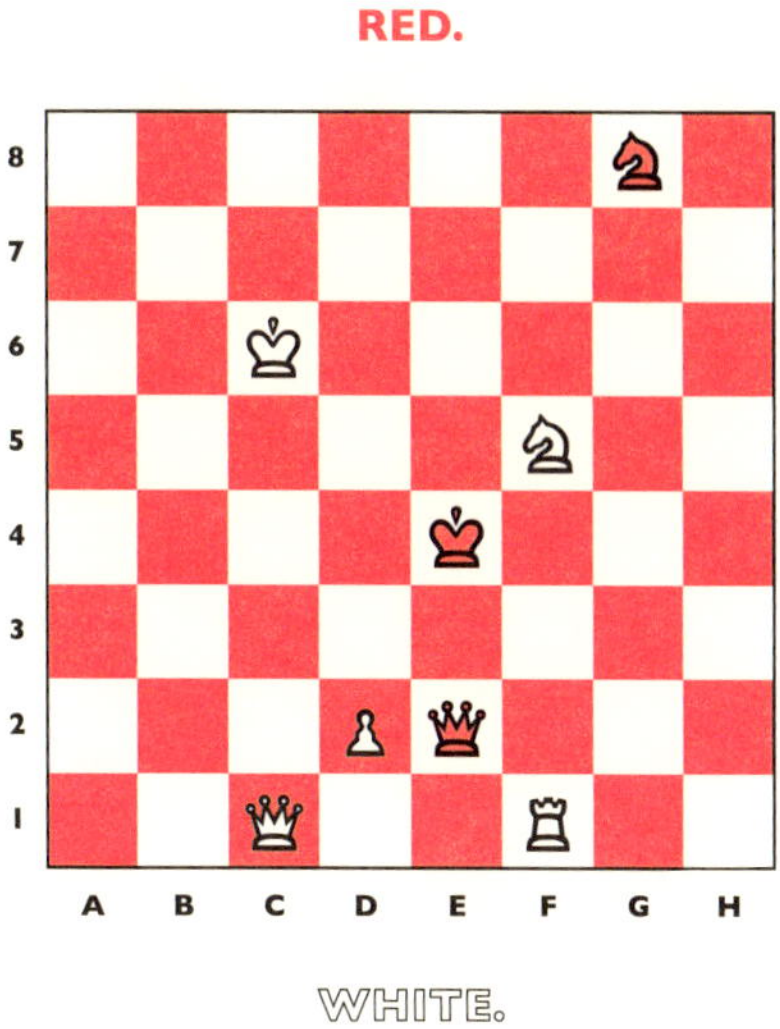

白のポーン（アリス）の指し手。11 手で勝ち

先手	後手
1 アリス（D2）が赤のクィーン（E2）と会う	1 赤のクィーンが H5 へ
2 アリスが D3 へ（汽車で）、さらに D4 へ（トゥイードルダムとトゥイードルディー）	2 白のクィーン（C1）が C4 へ（ショールを追う）
3 アリスが白のクィーンに会う（ショールの白のクィーン）	3 白のクィーンが C5 へ（羊になる）
4 アリスは D5 へ（店、川、店）	4 白のクィーンが F8 へ（卵を棚に）
5 アリスは D6 へ（ハンプティ・ダンプティ）	5 白のクィーンが C8 へ（赤のナイトから逃げる）
6 アリスは D7 へ（森）	6 赤のナイト（G8）は E7 へ（チェック）
7 白のナイト（F5）が赤のナイトを取る	7 白のナイトは F5 へ
8 アリスは D8 へ（戴冠）	8 赤のクィーンは E8 へ（試験）
9 アリスはクィーンになる	9 赤と白のクィーンはキャッスリング
10 アリスはキャッスリング（祝宴）	10 白のクィーンは A6 へ（スープ）
11 アリスは赤のクィーンを取り、詰み	

CONTENTS

鏡の国のアリス

I 鏡の家

そのことだけはまちがいありませんでした。白い仔猫《こねこ》にはなんの関係もなかったのです——全部黒い仔猫のやったいたずらでした。だって白い仔猫はこの十五分ほどもずっと親猫に顔をなめてもらっていたのですから（よく辛抱していたものだね）、そんないたずらができたはずありません。

ダイナが仔猫たちの顔をなめるのはこんなふうでした。まず片方の手で相手の耳をおさえてからもう一方の手で顔全部を、鼻からさかさになでていくのです。そしていまだって、さっきも言ったように白い仔猫を一生懸命世話しており、仔猫はじっとして、のどをごろごろいわせようとしています——まるで全部自分のためなのだとわかっているみたいでした。

もう一方の黒い仔猫の方は午後もっと早くにやってもらっていたものだから、アリスが大きなひじかけ椅子《いす》のすみにまあるくなってすわって、半ばうとうとし、半ばひとりごとを言っている間に、アリスがずっと巻こうとしていた毛糸玉に夢中になって、あっちこっちころがすものですから、玉はまたすっかりほどけてしまいました。そして、炉の敷物いっぱい、もつれ目だらけに広がり、仔猫はその真ん中で自分のしっぽをぐるぐると追いかけているありさまでした。

「ほんとにいたずらばっかり!」と、アリスは仔猫をつかまえると、ちょっとキスして、いたずらはだめとわからせようとしました。「ほんとにダイナがもっとちゃんとお行儀を教えておいてくれなきゃ!

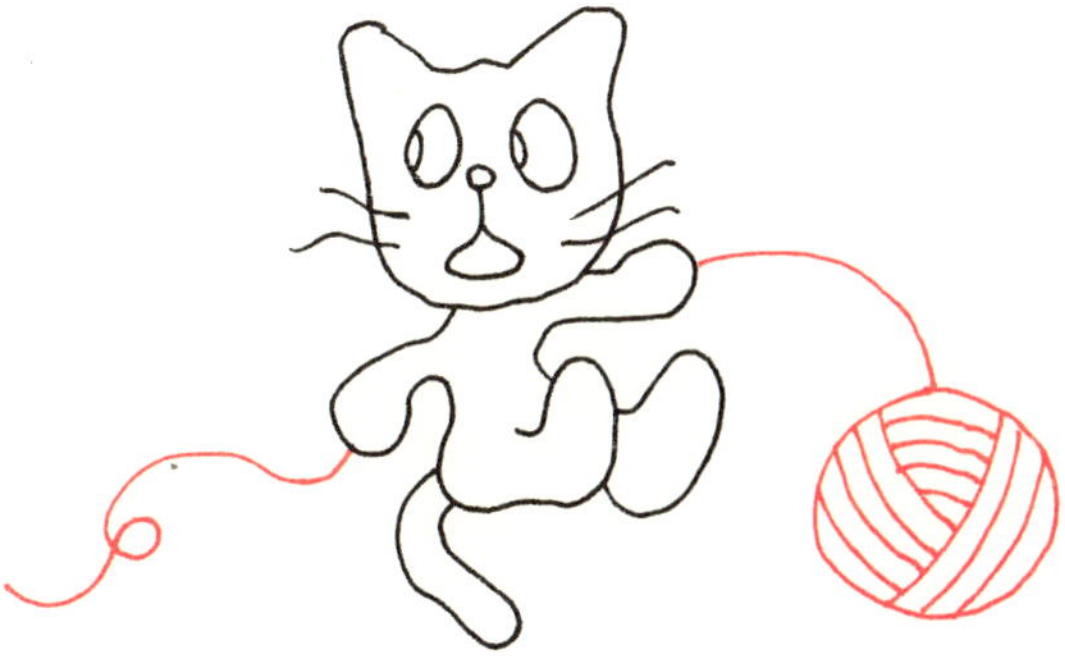

ちゃんとよ！　ダイナちゃん、それ、わかってるでしょ！」

文句を言いたげに親猫を見ながら、ほんとうに怒っているという口調でアリスは言います。そして仔猫をつれ毛糸玉を手にしてひじかけ椅子にはいあがり、また毛糸玉巻きをはじめたのでした。なかなかはかどらないのですが、それはアリスが時には仔猫に、時には自分自身にずっとおしゃべりし続けていたからです。膝《ひざ》の上のキティちゃんは毛糸巻きをただ見ているだけというふりをしてとてもおとなしくしていましたが、時々手を出して毛糸にさわっては、お手伝いできて嬉しいという顔をしていました。

「明日なんの日か知ってる、キティ？」と、アリスはしゃべりだします。「一緒に窓のところにいたら、わかったはずね――ダイナにきれいにしてもらってたから、だめだったのよね。男の子たちがたき火するための薪《まき》を集めてたの――ほんとにたくさんの薪よ、キティ！　ただね、寒すぎて、雪ふりすぎたから、みんないなくなっちゃった。でも心配ないわ、キティ。明日は火祭り、きっと見られるわ」そう言いながら、アリスは仔猫の首に毛糸をふた巻きか三巻きか巻いてどんなふうになるか見ようとしたのですが、仔猫がじたばたしたので、毛糸の玉は床にころがって落ち、何ヤードも何ヤードもまたほどけてしまいました。

「わたし、とっても怒ってるのよ、キティ」また落ちつくとすぐアリスが言いはじめました。「あなたのやったおいた全部知ってるから、窓あけて雪の中へほうりだしてしまおうかと思ったくらい！　そうされても仕方ないでしょ、おいたさん！　何か言うこと、ある？　わたしの言うことをお聞き！」アリスは言いながら指を一本立てます。「おいた、全部言ったげる。その一、今朝ダイナにあなたの顔を洗ってもらってる時、二回もキーキー文句言ったこと。ちがいないでしょ、キティ。たしかに文句言ってた！　何か言いたいこと、ある？」（と、まるで仔猫が口をきけるという口ぶりです）。「ダイナの手が目に入ったって？　目をあけたままいるあなたが悪いのよ――しっかり目閉じてれば、そんなことにはならなかったの。言いわけ、もういいわ。お聞きなさい！　おいたのその二よ。わたしがスノウドロップちゃんの前にミルクのお皿を出したら、あなた、しっぽを引っぱったでしょう！　え、のど、かわいてたって？　スノウドロップだって、のどかわいてたと思わないわけ？　それからおいたのその三。わたしが目はなした間に、毛糸の玉そっくりだいなしにしてくれたのよね！」

「これでおいたが三つよ、キティ。しかもどれもまだ罰せられてない。あなたの罰全部、来週の水曜日までとってあるって知ってた？——って、わたしの罰もだれかが全部、とってあるとしたら」と、猫にではなく自分に向かってひとりごとのようにアリスは口に出しました。「一年の終わる時、何をどうするつもりでしょう。その日が来ると、ひょっとしたら牢屋かな。いいえ、ごはんかも。その怖ろしい日が来ると、いっぺんに五十回分のごはん抜きとか！　ま、そんなの、抜きで少しもかまわない！　いっぺんに五十回分も食べるのより、抜きの方がいいに決まってる！」

「窓に雪が当たる音、わかる、キティ？　なんてすてきなやさしい音！　だれかが外から窓全部にキスしてるみたいね。こんなにやさしくキスするんだもの、雪はほんとに木や野原がスキなのね。そうして、そう、白い羽根でこんなにふうわり包んであげて、きっと『きみたち、また夏が来るまで眠ってるがいいよ』とか言ってるの。そいでねキティ、夏が来て眠りからさめると、木たち全部緑のお洋服着て、踊るの——風吹くといつも——ああ、なんてすてき！」アリスは大きな声で言うと、手を叩こうとして思わず毛糸玉を落としてしまいました。「そう、ほんとにそんなんだったら、ほんとすてき！　木たち、秋に葉っぱが茶色になるとまるで眠ってるみたいに見えるんだもの」

「キティや、あなたチェスできる？　笑ってないで。ちゃんと聞いてるんだから。わたしたちがやってたら、わかってるって顔して見てたじゃない。わたしが『チェック』って言ったら、のどごろごろいわしてたじゃない！　ほんといい詰みだったのよ。駒《こま》の間に体をひねりひねりあのいやなナイトのやつが入ってこなかったら、わたしの勝ちだったはずよ。キティ、そうよ、そうしよう――」

アリスが「そうよ、そうしよう」というお得意の言葉でよく口にしたこのつもりごっこの半分なりと、ここでお伝えできるといいんですけれどね。その前の日にだって姉さまととても長い議論をしてたのですが――元はと言えばアリスが「そうよ、そうしよう、わたしたち、キングたちとクィーンたちよ」と言いはじめたからで、なんでも正確ということを大事にする姉さまは、そんなことはできない、たち、たちと言ったって、ここには二人しかいないじゃないと答えたのですが、すると「じゃ姉さまがみなのうちの一人になれば。わたしが残りのみんなよ」とアリスは言ったのです。それから、いつだったか年とった婆やの耳もとで大声でこう叫んで、びっくりさせたこともありましたっけね。「婆や！そうよ、そうしよう、わたしお腹ぺこぺこのハイエナ、婆やが骨よ！」

アリスが仔猫になんと言ったかから話がそれてしまいました。「そうよ、そうしよう、キティ、あなた、赤のクィーンよ！ 立ちあがって腕組みしたら、ほんとにそっくりと思うわ。やってみよう、ほら、これっ！」アリスはテーブルから赤のクィーンの駒をとると、それをまねられるように仔猫の前に置いてみました。でもうまくいきません。だって仔猫に腕組みする気ないんだもの、とアリスは言いました。それで罰として仔猫を鏡の前に

つきだして、どんなにつまらない顔をしているか見せてやろうとしました。「すぐかわいくしないと」とつけ足します、「鏡のお家にやっちゃうわよ。そうなったらどうなるのかしらね」

「おしゃべりせずに話を聞いてくれるんだったら、鏡のお家がどんなだか話してあげる。鏡の向こうにお部屋が見える——こっちの客間とそっくりだけど、何もかも向きだけさかさまね。椅子にあがって見るとみんな見える——炉棚の真後ろのとこが見えないだけ。そこ、どうしても見たいわ！　冬、火をたいてるんだか知りたいんだけど、こっちで火をたいてて向こうでもたいてるんでない限り、わかるはずない——でも、どうせつもりの話なんだから、火がたかれてるつもりになればそれでいいのよ。それから本はこっちの本そっくりだけど、字は向きが逆だわ。こっちの本を一冊、鏡に向けると、向こうの部屋でも鏡に向けるんだから、そうなるわけね」

「キティちゃん、鏡のお家に住んでみたい？　向こうでもミルクもらえるのかしらね。鏡の国ミルクなんておいしくなさそうね——あら、キティ、廊下のとこへ来たわ。こっちの客間のドアをあけておけば鏡のお家の廊下も少しはのぞ

けるわ。のぞいて見る限りこっちの廊下とそっくり、そっから向こうは全然ちがうかもしれないけど。鏡のお家へ通り抜けられたら、どんなにすてきだろうね、キティ。行けたらいいな、あんなにきれいなお部屋！　そうよ、そうしよう、なんか、抜け道があるって。そうよ、そうしよう、ガラスがガーゼみたいに透けてきて通り抜けられるつもり。うわっ、まるでもやみたい、すごいわ！　通り抜けるのわけなさそう――」言いながらアリスは暖炉の上にあがっていたのですが、自分でもどうやってあがったのかわかりません。そしてたしかに鏡が、銀色に輝くもやのようにとけてなくなりつつあるところでした。

　と思う間もなく、アリスは鏡を通り抜け、鏡の部屋にひらりととびおりていました。で、まずは暖炉に火がおきているか見たのですが、本物の火がいまあとにしてきた部屋の火

と同じくらい赤々と燃えているのを見て、とても嬉しく思いました。「これからもあの部屋にいたのと同じくらいあったかいのね」と思います。「火の前からはなれろって叱る人はいないんだし、もっとずっとあったかいはず。鏡の向こうにわたしが見えてるのに、つかまえられないと知ったら、みんなどうなるか、面白いわ！」

それからぐるりとまわりを見わたしました。前の部屋から見えていたものは、当たり前で、つまらないものばかりだったのですが、それ以外のものはまるでちがっていました。たとえば暖炉のとなりの壁の絵という絵は生きているようでしたし、暖炉の上の（鏡の中では、そう、裏側しか見られない）時計がちいさな老人の顔をしており、アリスに向かってにやりと笑いかけさえしておりました。

「向こうのようにきちんとしてないのね」と、暖炉のあたり、灰

の中にチェスの駒がいくつかころがっているのがわかって、アリスが言います。が、次の瞬間びっくりして「あっ」と言うと、たちまち四つんばいになってチェスの駒たちに見入っていました。なんと駒たちはふたつひと組みで歩き回っていたのです！

「これ、赤のキングと赤のクィーンね」とアリス（びっくりさせてはいけないので、ささやき声）。「それからシャベルのはしっこにいるのが白のキングと白のクィーン——腕をからめて歩いてるのはふたつのキャッスル

——わたしの言うこと聞こえてないみたいね」と言いながら、もっと顔を近づけて、「多分見えてもいない。透明人間になるってこんな感じなのかしら——」と、アリスの後ろの方のテーブルで何かがキーキー言いだしたのでふり向いてみますと、白のポーンの駒のひとつがひっくり返って足をばたばたさせていました。どうなることか、アリスは好奇心いっぱい、見入っています。

「わが御子《おこ》の声じゃ！」と叫んだのは白のクィーン。すごい勢いでキングのそばを走り抜けていったものですから、キングは灰の中にころがり落ちてしまいました。「大事なリリーや！　わが御子！」と言うなり、クィーンは炉格子をすごい勢いでよじのぼりはじめます。

「ふん、烏滸《おこ》の極みじゃて！」とキングはぼやきながら、落ちてすりむけた鼻をこすっています。キングは少しはクィーンに腹をたててもよかったはずです。なにしろ頭のてっぺんから足の先まで灰まみれになったのですからね。

　アリスは何か役に立てないものかと考えていましたが、かわいそうなリリー姫の叫び声がもう発作《ほっさ》のようになってきましたので、いそいでクィーンをつまみあげると、テーブルの上の騒がしいちいさなお姫さまの横に運びました。

クィーンはあえぎあえぎ腰をおろしました。空中をあっという間に移動したものですからもう息もできないありさまで、一分かそこら、黙って幼いリリー姫を抱きしめる他、何もできません。やっと少しばかり息が戻ってきた時、クィーンはむっつりと灰の中にすわっていた白のキングに向かって叫びました。

「火山に気をつけて！」と。

「火山だと？」とキングは言いながら、心配そうに暖炉を見あげます。火のありそうな場所と言えばそこだったからです。

「わたし――噴《ふ》きあげられ――ました」まだ少し息のきれているクィーンがあえぎ声で言いました。「お気をつけてのぼってください――ちゃんとしたところを――噴きあげられませんように！」

アリスは白のキングが炉格子の横棒から横棒へ、苦労してのぼってくるのをながめていましたが、とうとう「そんなじゃテーブルに着くのに何時間かかるか知れはしない。手を貸してあげた方がよくないかしら、どう？」と言いました。でも、そうたずねられたこともキングは知りません。キングにはアリスが見えも聞こえもしないらしいことはたしかでした。

そこでアリスはとってもやさしくキングをつかみあげ、キングが息ぎれすることのないよう、クィーンの時よりはよほどゆっくりと空中を運びました。で、テーブルにおろす前に少しほこりを払ってあげた方が親切かなと思ったのです。それほどキングは灰まみれだったからです。

　アリスが後日《ごじつ》語ったところでは、その時のキングのような顔はそれまで一度も見たことがないということでした。なにしろふと見ると、見えない手に空中を運ばれた上、服をぱっぱと払われたわけですからね。驚いてしまって叫ぶこともできないまま、目と口ばかりどんどん大きく、丸くあいていくだけ。アリスはおかしさのあまり手がふるえ、もう少しでキングを床の上に落としてしまうところでした。

「あらっ！　どうぞそんなお顔をなさらないでください！」とアリスは、相手に聞こえないことも忘れて大声を出しました。「あんまりおかしいので、もう少しで落としてしまいそう！　そんなにお口をおあけになってはいけません。灰が全部お口に入ってしまいます――さあさ、これできれいになりました！」キングの髪をきちんとなでつけ、テーブルの上のクィーンのそばに置いてあげながら、アリスはそう言い足したのでした

キングはそのままあおむけにひっくり返り、ぴくりとも動きません。自分のしたことにちょっとびっくりしたアリスは、キングにかける水がないかと部屋をひとめぐりしましたが、インク瓶《びん》しかありませんでした。そのインク瓶を持って戻ってみると、キングは我《われ》に返っており、キングとクィーンで怖ろしそうにささやき合っているところでした――とてもちいさい声でしたから、何を言い合っているのか、あまりよくは聞こえません。

「ほんに、ひげの先っぽまで凍りついたぞ！」と、キング。

「ひげなんかお持ちではありませんよ」と、これはクィーンの答え。

「あの時のこわさと言ったら」とキングが続けます、「決して、絶対に忘れまいぞ！」

「決して、絶対にお忘れですよ」と、クィーン。「メモとっておきませんとね」

アリスはキングがポケットから大きなメモ帳を出して何か書きだすのを好奇心いっぱいでながめます。と、アリスは突然何か思いついたらしく、キングの肩口からちょっとつきでた鉛筆のはしっこをつかむと、キングの代わりに字を書きはじめたのです。

かわいそうなキング、わけもわからず困った顔をして、何も言わず、しばらく鉛筆と格闘してみたものの、アリスの力が強すぎるので、ついにはあえぎあえぎ、「奥や、もっと細い鉛筆でないとどうにもならん。これ、まったくどうしようもない、わしの思わんことばかり書きよってからに——」

「どんなことばっかりです?」言いながらクィーンがメモをのぞきこみます（そこに「白のナイトが火かき棒をすべりおりる。とてもバランス悪し」と記したのは、もちろんアリスです）。「これ、たしかにあなたの感じたことのメモじゃありませんわね!」

テーブルの上、アリスの近くに一冊の本があり、アリスは白のキングに目をこらしながら（だってまだ心配だったので、また気を失うようならすぐインクをかけてあげようとかまえていたのです）、読めるところがないかとそのページをめくっていました。「だって知らない言葉で書いてあるんだもの」と、これはアリスのひとりごと。

　こんなふうでした。

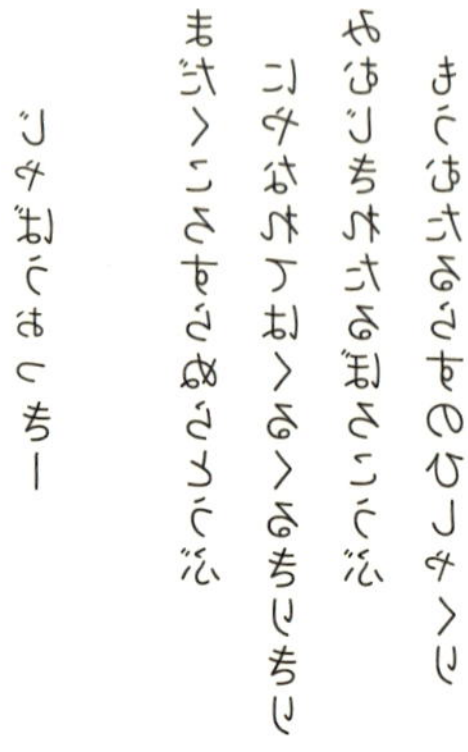

　しばらくはぼんやりながめていましたが、やがて名案が浮かびました。「なあんだ、そっかあ、鏡の国の本じゃないの！　鏡に向けたら、またちゃんとした言葉になるはずよ」
　アリスが読んだのはこんな詩でした。

じゃばうぉっきー

まだくころすらぬらとうぶ
にやなれてはくるくるきりきり
みむじきれたるぼろこうぶ
もうむたるらすのひしゃくり

「気いつけよじゃばうぉっくに、吾子《あこ》！
あぎとはかみ、つめはつかみ！
じゃぶじゃぶどりに気いつけよ、
避けよ、怒れるばんだすなっち！」

彼、ことの刃《は》たずさえたり。

久しくもまんとうぶるかたきさがす――
やがてたむたむの木のかたえにやすみ、
しばしの間ものおもいにふける。

あっふと思いつ立つところに、
炎の目してじゃばうぉっく、
たるじき森よりういっふと現じ、
ばぁぶりつ近づく！

やっとうやっとう！　えいやえい！
ぐさりやぐさり切れよことの刃《は》！
むくろころがし、手に首をもち
彼かえり道はかんらかんら。

「汝《なんじ》じゃばうぉっく倒せしや。

来《こ》よ、光の吾子《あこ》、我がかいなに！
はえある日かな！　いやさか、いやさか！」
さけぶなり、彼うれしさに。

まだくころすらぬらとうぶ
にやなれてはくるくるきりきり
みむじきれたるぼろこうぶ
もうむたるらすのひしゃくり

「なんだかとっても面白そう」読み終わるとアリスは言いました。「でも、とってもむつかしくてわかんない！」（まるでちんぷんかんぷんとはさすがに、自分自身にさえ認めたくないようでした）「いろいろ浮かんで頭がいっぱいなんだけど、はっきりとよくはわかんない！　だれかが何かを殺したのね――どうやら、そのことはたしかだわ――」

と、突然アリスはとびあがります。「いそがなくっちゃ。このお家の残りがどんなだか見ないうちに鏡の向こう側に戻らないといけなくなる。まず、お庭を見よう！」アリスはすぐ部屋を出ると階段を駆《か》けおりました――というか正確には駆けてはいません。階段を速く簡単におりる新発明よ、とはアリスのひとりごとです。指の先を手すりにつけ、ゆっくりと体を浮かせ、足を階段につけもせずおりていったのです。浮いたままホールを翔《か》け抜けましたので、ドアの側柱をつかまえなかったら、そのままドアにドオンとぶつかっていたにちがいありません。あんまり長く空中に浮いていたせいで少しふらふらしたものの、また普通に歩けていたのでアリスはほんとうにほっとしました。

II

口きく花たちの庭

「あの丘のてっぺんに行けたら」とアリスはひとりごとを言いました、「お庭、もっとよく見られるんじゃないかな。ああ、この道でまっすぐ行けそう――ふうん、少なくともこれ、まっすぐじゃなかったみたいだけど――」（と、その道に従って何ヤードか歩くと、もう急な角をいくつも曲がっていたのです）「最後にはたどり着けると思う。それにしても曲がってばかりの変な道！　道じゃなくてコルクの栓抜きみたい。さ、これ曲がると丘だ！――じゃないのね！　そのままお家へ逆戻りって！　それじゃ今度は反対向きよ」

そこで反対向きに歩きました。のぼったりくだったり、次々に曲がってもみ

33　　口きく花たちの庭

ましたが、どうやってみてもいつもお家の前に戻ってきてしまうのでした。一度などは、曲がり角をこれまでになく急に曲がってみたら、あらら、いきなりお家にぶつかってしまいました。

「文句言ったって仕方ない」お家を見あげ、まるで家が議論の相手だとでもいうふうに、アリスは言いました。「だってもう一度中に入るつもり、ないもの。また鏡を通り抜けて――また元の部屋――そしてそこでわたしの冒険みんなおしまいなんて！」

そこでしゃっきりとお家に背中を向けて、もう一度道を歩みはじめます。丘にたどり着くまでとにかく歩き続けると心に決めていました。何分間かはなにごともなかったのですが、「今度はなんとかなりそうね――」と言ったとたん、道が急に曲がって（アリスが後日話《ごじつ》した時の言い方では）ぶるんとひとふるいすると、なんとなんと、そこはお家のドアのところだったのです。

「ほんと、最低！」と大声が出ます。「こんなじゃまばっかりする家なんて、ない。絶対ない！」

でも、丘はやっぱりはっきり見えているので、またやってみるしかないでしょう。今度は大きな花壇に出くわしましたが、デイジーがふちどる真ん中にはヤナギの木が一本植わっていました。

「あら、オニユリさん！」気持ちよさそうに風に揺れている相手にアリスは話しかけていました。「ほんと口をきいてくれるといいのに！」

「きけるよ」と、これはオニユリ。「口きくに値する相手にならね」

　アリスはびっくり仰天、一分ほども口をきけません。言葉がすっかりどこかへいってしまったみたい。やっとのこと、ただ揺れ続けているオニユリに向かっておずおずした声で――ほとんどささやき声で――再び声をかけます。「お花さん、みんな口がきけるのです

か？」

「そちらさんと同じくらいには」とオニユリ。「ずっと大きな声も出るよ」

「こちらから切りだすの、行儀悪いし」とバラ、「そっちで話しはじめないか、と思ってたんだ。『賢そうじゃないが、ちょっとは何かある顔つきだが！』とか思ってね。でも色はいいね、そいつは大したものだ」

「色なんかどうでもいいさ」とオニユリ。「もう少し花びらがカールしてると文句ないんだがなあ」

　アリスはあれこれ言われるのがいやでしたから、いろいろとたずねます。「こんなところに植えられて、世話を焼いてくれる相手もいないなんて、こわいって思うことないんですか？」

「真ん中に木が一本あるよね」とバラ。「それって他になんのためになると思う？」

「危ないことになると、その木、何をするの？」アリスがたずねます。

「大声でほえるよ」とバラ。

「そう、大きな声だ！」とデイジー。「やつの手足が大きな小枝と呼ばれるの、そういうわけさ！」

「そんなことも知らなかったの？」と別のデイジーが叫びました。そこでみながいっせいにしゃべりだし、あたりじゅう鋭いちいさな声でいっぱいになりそうでした。「みんな、うるさあい！」と、オニユリが怒って体を左右にゆらし、興奮してふるえながら大声で叫びました。「こいつら、わしが手が届かんと思ってるんだ！」とオニユリはぶるぶるふるえる頭をアリスの方に傾けると、あえぎながら叫ぶのです。「だから平気でこんなふうなんだ！」

「大丈夫よ！」とアリスは慰めの言葉をかけると、またしゃべりはじめたデイジーたちに向かって小声で「いいこと、だまんないと引っこ抜くわよ」と言いました。

たちまち静かになりましたが、ピンク色のデイジーの何本かは真っ白になっていました。

「これでいい！」とオニユリ。「デイジーどもが一番よくない。だれかがしゃべると、みないっせいにはじめるし、そのうるさいことと言ったら、この身も枯れしぼんでしまうほどだ」

「みなさん、どうしてこうちゃんとしゃべることができるんでしょう？」と、ほめると機嫌を直してくれると思ったアリスが聞きました。「いろんなお庭を見てきましたけど、口のきけるお花なんてはじめて」

「手をおろして地べたをさわってごらん」とオニユリ。「そうしたらわかるよ」

アリスはそうしてみました。「とってもかたいです」とアリス。「ですけど、それが何か関係あるんでしょうか？」

「ほとんどの庭ではな」とオニユリ、「苗《なえ》の床《とこ》をやわらかくしすぎるんだ。寝床がやわらかいと花たちだっていつもぐっすりだろ」

とてもわかり易い理屈ですから、すぐのみこめてアリスも満足でした。「そんなこと考えたこともなかった！」とアリスは言いました。

「わたしに言わせれば、あなた、どんなことも考えてないのよ」と、きつい口調でバラが言いました。

「これ以上間抜けに見える相手に会ったことはないわ」突然のスミレの言葉にアリスはびっくりしてとびあがりました。それまでひとことも口をきいていないお花だったからです。

「おまえ、黙れよ」とオニユリ。「相手って、おまえだれかに会ったことがあるような口をきくんだな！　頭を葉っぱの下につっこんでぐうぐういってて、まるでつぼみみたいに世間知らずなくせして！」

「だれかわたしの他に、この庭にいるんですか？」と、先のバラの言葉なんか聞かなかったふりをして、アリスが言いました。

「あんたのように歩き回ることができる花が別に、ね」とバラ。「どうしてそんなこと、できるんだか――」（「いつもどうして、どうしてばっかりだな」とこれはオニユリ）「それでね、あんたより毛深いかな」

「わたしに似てるんですか？」とアリスは熱心に聞いたのですが、「庭のどこかにもう一人、わたしのような女の子がいるんだ」という考えが頭に浮かんできたからでした。

「ああ、あんたそっくりに不格好でね」とバラが言います。「でももっと赤い――し、花びら、もっと短いかな」

「ダリアみたいにきっちりしてて」とオニユリ、「あんたのみたいにだらっとしてない」

「でもそれあんたのせいじゃないよ」とバラが気づかいして言ってくれます。「枯れはじめてるんだもの――そうなれば花びらが少しくらいたれてしまうの仕方ないわよ」

　そんなふうに思うのは絶対にいやだったので、話をそらそうとしてアリスはたずねました。「その人はここに来るんですか?」

「多分、すぐ見られるでしょ」とバラ。「でっぱりを九つつけてる連中の一人よ」

「どこにつけてるんです?」ちょっと好奇心がわいてきて、アリスは聞きます。

「そう、もちろん頭のまわり」とバラ。「どうしてあんたにはないのかと思ってた。そういうきまりなのか、ってね」

「やってくるよ！」と、エンソウが大声を出しました。「ドスッ、ドスッと砂利道《じゃりみち》を来る彼女の足音だ！」

アリスは熱心にまわりを見回します。それは赤のクィーンでした。

「うわあ、大きい！」と、いきなりアリスは言いました。ほんとうにそうでした。はじめて灰の中に見つけた時、ほんの三インチの丈《たけ》だったのがいまはアリスより頭半分も大きいのです。

「ここのおいしい空気のせいよ」とバラ。「ここ、ほんとに空気、新鮮だから」

「会いにいってみよう」とアリスは言いました。花たちも面白くはあったのですが、大きくなったクィーンと話をする方がもっとずっと面白そう、とアリスは感じていました。

「そう簡単じゃないよ」とバラ。「わたしなら反対の方向へ行くけどね」

これは無意味そうな忠告でしたから、アリスは何も言わず、すぐ本物のクィーンの方へと歩きだしました。ところがたちまちその姿を見失ってしまい、そしてまたまたお家の正面ドアのところにいたのです。

ちょっとむっとしてアリスは引き返し、クィーンの姿をそこいらじゅうさがしました（やっと見つけた時、クィーンはずいぶん遠くにいたのです）。今度は反対の方に歩いていってみようと思いました。

うまくいきました。一分も歩かないうちにアリスは赤のクィーンの真ん前にいたのです。そしてあんなにも時間をかけてさがした丘が真正面にあったのです。

「いずこから来たのじゃ」と赤のクィーン。「して、いずこへ行きゃる？　顔をあげて、しゃんとおしゃべり。それからそうやって指をもじもじするでない」

アリスは全部言われた通りにしました。そしてわたしの道を見失って、ということを精いっぱい説明しました。

「わたしの道とはどういうことだい」とクィーン。「この辺の道は全部わしの道だが──それにしてもなぜここにいるのかい？」と少

しやさしい口調で言いました。「話すことを考えながら膝《ひざ》を折ってあいさつするのじゃ。時間が節約になる」

ほんとうだろうかとアリスはちょっと思ったのですが、さすがに相手がクィーンでは信じる他ありません。「お家に戻ったら、やってみよう」と、アリスはひとりごとを言いました。「今度のディナーに遅刻しそうな時にね」

「そちが答える番じゃ」時計をながめながらクィーンが言いました。「口をきくならもそっと大きく口をあけること、それからいつも『陛下』と言うのじゃ」

「庭がどうなっているか知りたいだけです、陛下――」

「そう、それでよい」と言いながらクィーンはアリスの頭を軽くポンポンと叩きましたが、アリスはそれがいやでした。「『庭』と申したが――わしは、いろいろ庭を見てきたが、それらに比べれば、これは荒れ野じゃ」

議論する気はアリスにはありません。そこでこう言いました。「あの丘のてっぺんにはどうやっていけばよいか、考えていましたが――」

「いま『丘』と言わしゃったがの」と、クィーンが口をはさみました。「わしは、丘がいかなるものか教えてやりたいのう。それらに比べれば、あれなど谷じゃ」

「そうではありません」びっくりしたアリスはとうとう口答えしてしまいました。「丘が谷なんてはずありません。そんなじゃ意味なし、ということになって――」

赤のクィーンは首をふりました。「これを『意味なし』と申すか」とクィーンは言います。「わし、これまでずいぶんと意味なしを耳にしてきたが、比べるならこれ、意味あること辞書のごとし！」

アリスはまた膝折りのおじぎをします。クィーンの口調から、ちょっと怒らせてしまったようだと思ったからです。二人は黙ったまま進んで、やがてちいさな丘のてっぺんに着きました。

何分かの間、アリスは何も言わず、その景色全体を、あらゆる方向にながめていました――そう、それはなんという妙な景色だったことでしょう。ちいさな小川が無数に左から右に向けて横切っており、間の地べたは小川から小川へという無数のちいさな緑の生け垣で正方形に区切られておりました。

「ほんとに、これじゃ大きなチェス盤よね！」と、とうとうアリスが言います。

「じゃ、チェスの駒《こま》があちこち動いているはず――あっ、いた、いた！」と嬉しそうに口走り、そう言いながら胸は興奮でドキドキいいだしています。「大きなチェスの勝負やってるとこなんだ――世界を舞台に――これがほんとの世界なんだとしてだけど。うわあ面白そう！　わたしも駒のひとつになりたい！　入れてもらえるんだったらポーンだってかまわない――もちろんなれるならクィーンが一番いいけど」

　こう言いながら、本物のクィーンがいるのをとても恥ずかしそうにちらりと見ましたが、相手は面白そうに微笑しただけでした。「たやすいことじゃ。白のクィーンのポーンになればよい。リリーはちいさすぎて入れぬからなあ。まずはふたつ目のマスからはじめての――八番目のマスでクィーンに成りあがる――」すると、ここでどういうわけだか、二人、走りだします。

　どんなふうにそうなったのだか、あとでいくら思い返してみてもあまりよくはわかりません。思いだせたのは手をつないで走ったこと、クィーンがあまり速いのでついていくのがやっとだったということくらい。なのにクィーンはずっと「もっと速く！　もっと速く！」と叫ぶのです。もっと速くなんて無理、とアリスは思いましたが、息がきれていて口にも出せません。

木とかその辺のものが全然動かないのが一番変でした。全力で走っているのに、何かを通り過ぎるということがないようなのです。「みんな、ついてきちゃうのかしら?」かわいそうにわけがわからなくなって、アリスは言いそうになりました。そんなアリスの気持ちを見抜いたのでしょうか、「もっと速く! 何も言うな!」と、クィーンは叫ぶのでした。

何か言おうなどとアリスが思っていたわけがありません。もうしゃべることなんかできないみたいと思っていましたた。それくらい息がきれていたのですが、クィーンはずっと

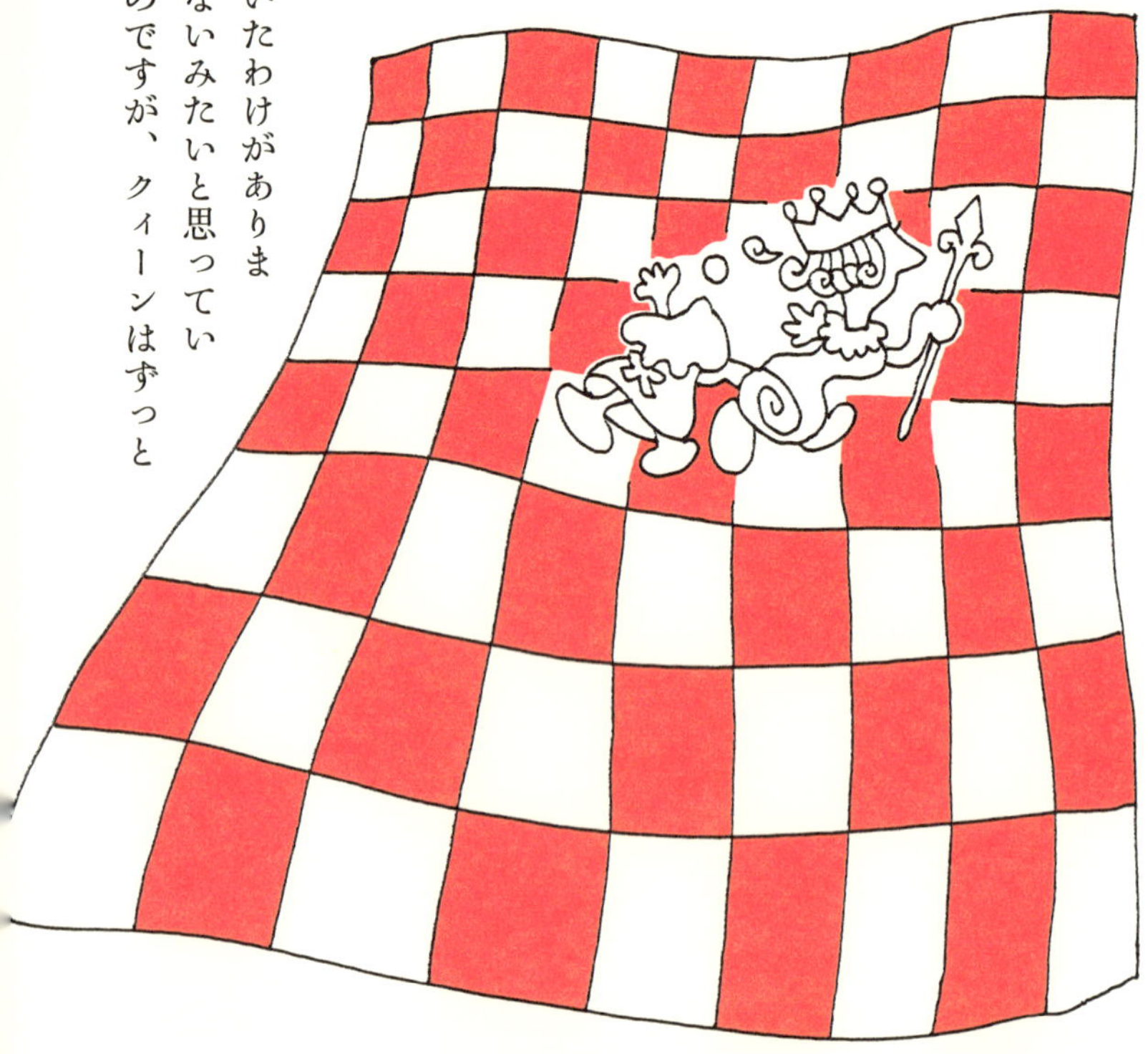

「もっと速く！　もっと速く！」と叫びながら、アリスを引っぱっていくばかり。アリスはあえぎながら「着きますか？」と言うのがやっとのことでした。

「着くか、だって！」とクィーン。「もう十分も前に過ぎておる！　もっと速く！」

それからもう少し、黙って走り続けたのですが、風が耳もとでひゅんひゅんいいますし、髪がちぎれて飛んでいくんじゃないか、とアリスは思いました。

「さあ、さあ！」クィーンは叫び続けます。「もっと速く！　もっと速く！」

どんなに速かったかというと、足が地べたにつかないで空中を飛んでいるみたいだったのです。すると突然、アリスが疲れ切ったのと同時に二人は止まりました。我《われ》に返るとアリスは、息もきれ、めまいしながら地べたにつきすわっていました。

クィーンはアリスを木にもたれさせると、「ひと息つくがよい」とやさしい言葉をかけます。

あたりを見回したアリスの驚いたことったら。「ずうっとこの木の下にいた、ってことですよね！　何もかも元のまんま！」

「むろん、元のままじゃ」とクィーン。「どうだったらよいと?」

「わたしの国だったら」と、まだ息のおさまらぬままのアリスが言います。「普通、どこか別の場所に着きますよ――わたしたちみたいに長い間、全力でかけたら」

「おそい国じゃなあ」とクィーンが言います。「よいか、ここではな、同じ場所にいようとすれば全力で走る必要がある。ましてどこかよそに行こうということなら、少なくともその倍の速さで走らねばならぬ!」

「わたしには無理です!」とアリス。「ここにいるだけでいい――でも、ほんとうに暑い、のどがかわきました!」

「いま何が欲しいか、わかるぞ!」クィーンは親切にそう言いながら、ポケットからちいさな箱を出しました。「ビスケットをどうじゃ?」

アリスはそんなの御免と思ったのですが、「いりません」と言うのは失礼とも思いました。それで受けとりますと、一生懸命かじってみました。ビスケットはぱっさぱさでした。いままでこんなにのどがかわいたことない、と思いました。

「さあて気分もよくなったようじゃから」とクィーン、「わしは測地じゃ」そしてポケットからインチきざみの目盛りの入ったリボンをとり出して、地べたを測っては、そこかしこにちいさな杭を立てていきます。

「二ヤード行ったら」と、距離を示す杭を刺しながら、クィーンが言いました、「すべきこと、教えよう――ビスケット、もうひとつどうかい？」

「いえ、結構です」とアリス。「一枚でほんとに十分です！」

「渇き、止まったのかい？」とクィーン。

なんと答えてよいかわからなかったのですが、クィーンがアリスの答えなど待たないで、話し続けてくれて助かりました。「三ヤード行ったら、もういっぺん言うぞ――忘れているかもしれんからなあ。四ヤードのところでお別れを言おう。五ヤードのところで、わしは行く！」

クィーンはこの時までにすべての杭を刺し終えていました。クィーンが木のところに戻ってくると、杭の列をゆっくりとたどって歩きだすのをアリスは興味いっぱいながめていました。

二ヤードの杭のところでクィーンは振りかえると、言いました。「よいかポーンは最初の一手で二マス進む。三マス目はあっという間に通過——汽車だからなあ——気づいたらあっという間に四マス目にいる。そのマスにいるのはトゥイードルダムとトゥイードルディー——第五マスは水だらけ——第六マスにはハンプティ・ダンプティ——それにしてもそちは何も答えんのだな？」

「わたし——お答えしなければ、なんて思っていなかったので——じゃあ、いそいで言います」アリスはもごもごと口ごもります。

「言わなくてはならんかった」とクィーンはきびしくとがめるような口調で続けました。「『あれこれ教えてくれるお心《こころ》遣《や》りに感謝します』と言うべきじゃが——ま、言うてくれたことにしておこう——第七マスは森の中——じゃが、ナイトの一人が案内《あない》してくれよう——そして第八のマスでわれらともどもにクィーンなのじゃ、そして飲めや歌えやのお楽しみじゃ！」アリスは立ちあがると膝折りの礼をし、またすわり直しました。

次の杭のところでクィーンはまたふり返り、そこで言うことには「何かを英語でどう言うかわからなければフランス語で言うてみよ——歩く時は外股《そとまた》に歩く——そして、自分がだれか忘れないこと！」今度はアリスの膝折り礼を待ちもせず、クィーンは足早に次の杭のところに行きました。そしてちょっとふり向くと「さらばじゃ」と言ってから、最後のマスへいそぐのでした。

　どんなふうにそうなったのかアリスにはまったくわかりませんでしたが、クィーンは最後の杭に達するとすぐ姿が見えなくなりました。空中にかき消えたものか、すばやく森に走りこんだものか（「なにしろあんなに足、速いんだから！」とアリスには思えたものです）、見当もつきませんでしたが、クィーンの姿はありません。そしてアリスは自分がポーンの駒であることをあらためて思いだし、そろそろ動かなくてはならないと思いました。

III

鏡の国の虫たち

まずはこれから行こうとしているところをよく見ておくのが第一なのは言うまでもありませんでした。もっと遠くまで見えないかと爪先《つまさき》立ちしながら「なんだか地理のお勉強みたい」と、アリスは思いました。「主要河川《かせん》は――ひとつもない。主要山岳《さんがく》は――わたしのいるこの山だけだけど、名前はなさそう。主要町村《ちょうそん》はと――あっちで蜜《みつ》集めてるのなんの生きものなのかしら。ハチ、のはずない――だって一マイルも向こうのハチが見えるわけないもの――」アリスはしばらく何も言わずに立ったまま、その一匹が花の間でぶんぶん言いながら鼻先を花の中につっこむ様子をじっと見ていました。「なんだかミツバチそっくり」と、アリスは思いました。

　でも、ミツバチどころではなく、なんと象なんだ――とすぐにわかりましたが、そうわかるといきなり息が止まりそうでした。「だとすると、なんて大きな花なんだろう！」とすぐに考えました。「屋根のない小屋に茎がくっついてる感じかな――それにしてもどれだけの蜜がとれるっていうの！　おりていってみよう――いや、なにもいまじゃなくっても」アリスはそう言いながら、丘をかけおりようとするのをやめ、そうやって急

にやめたことの言いわけを並べようとしたのでした。「追っぱらう長い木の枝も持たずに、真ん中におりていくのまずいんじゃない——それからみんなが、お散歩どうだったとか聞いてくれるといいなあ。『歩くのは楽しかったけど』と答えるわ（ここで頭をつんとそらせるいつもの癖です）、『でもほこりひどいし、暑かったし、それに象たちがほんとじゃまだったし！』って」

「反対の方におりてみよう」ちょっと間を置いてアリスは言いました。「象たちにはまたあとで出会えると思うし。それにいまは三番目のマスに行ってみたいわ！」

　で、こんなふうな言いわけを並べると、アリスは丘をかけおり、六つの小川の最初のものをとびこえたのでした。

＊　＊　＊　＊　＊　＊　＊　＊　＊　＊　＊　＊　＊　＊

「乗車券拝見！」と、窓から首をつっこんだ車掌《しゃしょう》が言いました。すぐだれもが乗車券をさしだしています。このだれもというのがみんな人間と同じくらいの大きさをしていて、客室いっぱいおりました。

「さあさあ！　お嬢ちゃん、券は！」と、怒った顔でアリスを見つめながら車掌が言います。するとたくさんの声がいっせいに言ったのです（「歌う時のコーラスみたい」とアリスは思いました）。「車掌を待たせちゃいけないよ、お嬢ちゃん！　車掌の時間は一分千ポンドするんだ！」と。

「券、ないの」と、びくびく声でアリス。「わたしの来たところに券売るところ、なかったんだもの」するとまたコーラス。「この子が来たところにはそんな場所もなかったんだ。その土地は一インチ千ポンドするんだ！」と。

「言いわけしてもだめだ」と車掌です。「機関士から買っておかなくちゃぁ」そこでまたコーラス。「機関車を動かす人のことだよ。ぷうふっ、けむりひと吹き千ポンドするんだ！」と。

「こんなじゃ、何か言っても仕方ないわね」とアリスは思いましたが、今度はだれも声を合わせません。アリスが考えるだけで口に出さなかったからですが、

アリスがびっくりしたのは今度はだれもがコーラスで考えたことでした（コーラスで考えるって、わかるかな——なぜってわたしにはわからないとしか言えませんし）。「何も言わない方がよい。口をきくと一語千ポンドするんだ！」

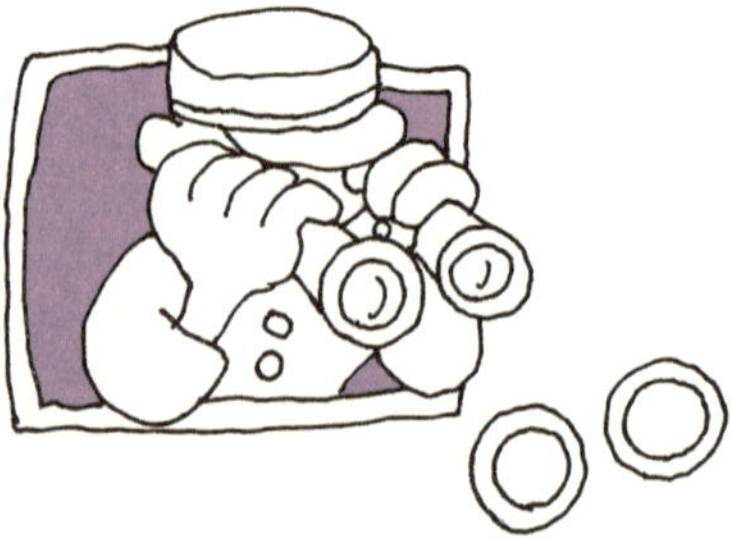

「なんだか今夜、千ポンドの夢見そう、きっと見ちゃう！」と、アリスは思いました。

この間じゅうずっと車掌はアリスを、まず望遠鏡で見、次に顕微鏡で見、それからオペラグラスで見ていました。そして最後に「おまえは逆方向へ向かってるんだ」と言うと、窓をしめ、行ってしまいました。

「こういう子供は」向かいにすわった紳士が（白い紙の服でしたが）、「自分の名が言えなくても、どこへ向かっているかは言えないとなあ！」と言いました。

白紙の紳士のとなりにはヤギがすわっていましたが、

目をつむったまま大声で「アルファベットがつづれなくっても、切符売り場がどこかは言えなくちゃなあ！」と言いました。

ヤギのとなりはカブトムシでした（なんてどれもこれも、車いっぱい変な客ばかりなんでしょう）。どうやら全員が順番に口をきくのがきまりであるらしく、彼は「手荷物扱いにして返すべきだなあ」と言いました。

カブトムシの向こうにすわっているのがだれかアリスにはわかりませんでしたが、次の声はいななきでした。それは「機関車交換——」と言いだしながら声をつまらせ、それきりになりました。

「馬いないのに」とアリス。するとアリスの耳もとで、とてもか細い声が「『いななき』と『うま無き』か——しゃれ、うまっ」と言いました。

すると遠くのやさしそうな声が「じゃ、その貼り紙は『小娘。割れ物注意』になるなあ——」と言います。

その後にもいろいろな声が続きました（「この汽車、一体どのくらい乗ってるの？」とアリスは思いました）。「郵便で送らにゃ。だって見るだに、はり切《きっ》手《て》るじゃないか——」とか、「電信の文句として送るのがいい——」とか、「残りの道、その子に汽車を引っぱらせよう――」とかとか、いろいろでした。

　そのうち例の白紙の服の紳士が前かがみになって、アリスの耳もとに小声でささやきかけます。「お嬢ちゃん、何言われても気にしない。でもね汽車が止まるたびに帰りの券を買っちゃうんだ」

「わたし、買いませんよ！」すっかり腹をたててアリスは言いました。「好きでこの汽車に乗ってるわけじゃありません――さっきまでは木があった――し、そこに戻りたい気はあるんです！」

「それ、うまいしゃれだ」と、耳もとでちいさい声が言います。「木があり気もある、なんてね」

「からかわないでよ」と、声のぬしをむなしくさがしてきょろきょろするアリス。「そんなにしゃれが好きなのなら、なぜ自分でつくらないの？」

　ちいさな声はまるで深いため息のようで

す。たしかにとても《ヽヽ》ふしあわせそうなので、アリスは思わず何か慰めを言ってあげたくなります。「この子も、他のだれかれみたいにちゃんとため息をつけさえしたらなあ！」とアリスは思いました。それなのになんともちいさなため息だったものですから、ほんとに《ヽヽヽ》耳もと近くでなければまったく聞きとることができないのでした。その結果、アリスは耳がとてもこそばゆくなって、思わずちいさな相手がどんなに不幸なのかということをまったく忘れてしまったのでした。

「やさしい親友だ。ぼく《ヽヽ》ムシなのに、きみ、友達だと思うよ」と、ちいさな声は言いました。「きみ、無視しないものね」

「どういう虫さんなの？」ちょっと知りたくなってアリスがたずねます。ほんとうに知りたかったのは刺す虫かどうかということでしたが、口に出してたずねるのはいかにも失礼だと、アリスは思いました。

「何かって、だからと言ってきみは――」とちいさな声が言いはじめたとたん、機関車の鋭い叫び声にかき消されてしまいました。この音にはだれもがびっくりしてとびあがりましたが、それはアリスも同じことでした。

窓から首を出していた馬が静かに首をひっこめると、「小川をひとつ、とびこえるだけってことさ」と言いました。みな、それで得心がいったようでしたが、アリスは汽車がとびあがると思っただけで少し不安になりました。「でも、それで第四マスに行けるんだから、いいじゃない！」と思いました。すぐに汽車がまっすぐ宙に浮アリスはこわくて一番そばにあるものをつかみます。そ

くのがわかりました。

れはヤギのひげでした。

＊　＊　＊　＊　＊
＊　＊　＊　＊
＊　＊　＊　＊　＊

しかし、ひげはさわるとすぐにとけてなくなるようでした。アリスは気づくと一本の木の下に静かにすわっており——一匹のブユが（これがつまりはそれ

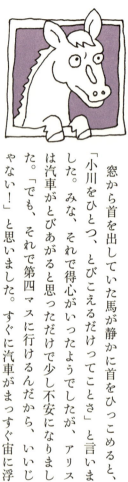

までの話の相手だったわけです）アリスの頭のすぐ上に出た小枝にうまく止まり、羽でアリスをあおいでくれていました。

とても大きいブユでした。「ニワトリくらいあるわ」とアリスは思いました。でもずいぶん長いおしゃべりをしてきたあとですから、アリスに気おくれするところはありません。

「――だからと言ってきみは虫が全部きらいというのじゃないよね？」何もなかったかのように静かにブユは話し続けます。

「お話しできる虫さん、好きよ」とアリス。「わたしがやってきたところでは、虫はおしゃべりなんかしないの」

「きみがやってきたところではどんな虫がお気に入りなんだい？」ブユが聞きます。

「お気に入りの虫なんか全然いない」と、アリスは説明します。「とにかくこわいの――少なくとも大きい虫はね。いくつか名前も言えるわよ」

「むろん、名を呼ばれたら答えるんだろうね」と、ブユは呑気《のんき》そうに聞きました。

「そんな虫、聞いたことない」

「じゃあ、名前があったってしょうがないじゃないか」とブユ。「呼ばれても答えないんじゃあ」

「虫には役に立たないわね。でも名前で呼ぶ方の人たちには役立つわね。じゃないと、名がついている理由、まったくなくなるわ」

「どうなんだろう」とブユ。「少し行ったところの森が、ものに名前がない森だよ——それはそうと、きみの虫のリスト、続けてみてよ。時間がもったいないや」

「そうね、まずウマバエかな」指折り数えながらアリスは名を挙げはじめます。
「そうだなあ」とブユ。「あの木の真ん中あたり、よく見るとユラセキノウマバエがいるの、わかるかい。全身木でできていて、枝から枝へ体をゆすりながら移っていく」
「何食べてるのですか?」大いに好奇心を起こして、アリスがたずねます。

「樹液、それからおがくずだね」とブユ。「さあ、もっと挙げて」

アリスは興味しんしん、そのユラセキノウマバエをながめていましたが、ぴかぴかねばねばした感じに見えるのでどうやら最近色を塗り直したのにちがいないと思いました。さらに名を挙げてみます。

「それからトンボね」

「きみの頭の上の枝を見てごらんよ」とブユ。「トシノセゴクラクトンボがいる。体はプラムのプディングだし、ヒイラギの葉が羽。ブランデーの中で燃える干しブドウが頭」

「これは何食べてるんですか？」またアリスは聞きます。

「おかゆとこまぎれ肉のパイ」そうブユは答えました。

「クリスマスの祝儀箱《しゅうぎ》を巣にしてる」

「それから蝶々《ちょうちょう》だわ」頭に火がついた虫をよく見、虫たちがろうそくの炎にとびこむのが好きなのはどうしてだろうというと――それできっと極楽へ行けると思

うからなんだなと勝手に考えたあと、アリスはさらに名前を挙げ続けました。

「きみの足もとをはっているのが」とブユ（アリスはびっくりして足をひっこめます）、「アサカラゼッコウ蝶《ちょう》だよ。うすいバタつきパンが羽で、体はパンの一片《ひとかけ》、頭は角砂糖」

「これ、何食べてるの？」

「うすいお茶にクリームの入ったやつ」

アリスの頭に新しい難問が浮かびます。「でも、そういうのが見つからなければ？」とアリス。

「なら死んじゃうだけさ、もちろん」

「それ、よく起こるんじゃないですか？」アリスが考え深げに言います。

「ああ、いつものことさ」とブユ。

それから一分か二分の間、アリスは黙りこくって考えにふけっていました。その間、ブユは楽しそうにアリスの頭のまわりをぶんぶんいわせながら飛びまわっています。そしてまた止まると、「きみ、名前なくなるといやだろうね」

と言いました。

「もちろん、いやよ」ちょっと不安げにアリスは答えました。

「でもどうなのかな」と、ブユは呑気そうに続けます。「名なしでお家に戻れたらどんなに都合いいか考えてごらんよ。たとえば、家庭教師が勉強させようとして、きみを呼ぶとするね、『こちらへおいでなさい――』と言ったきり、そこでおしまい。だって呼ぼうにも名前がない。そいでもちろん、きみだって行く必要はない。だろ?」

「いいえ、そんなに甘くはないわ」とアリス。「家庭教師って、そんなんでお勉強許してなんかくれないわ。名を思いだせなければ、召使いたちとおんなじに、わたしのこと『お嬢さん』と呼ぶわ」

「ふうん、でもただ『お嬢さん』って言って、そのあと名前が続かないのなら」とブユ、「もちろん、勉強なんて『お冗談』さ。これ、しゃれだよ。これ、きみに言って欲しかったなぁ」

「どうしてわたしにと思うの?」とアリス。「サイテーなだじゃれじゃない」

ブユは深いため息をつくばかりでした。頬を大きな涙がふたつ、こぼれて落ちました。

「しゃれ、おやめなさい」とアリスは言いました。「しゃれ言ってつらくなるなんて、しゃれになんない」

また悲しそうなちいさなため息がしましたが、かわいそうなブユ、今度はため息のうちにかき消えてしまったというふうで、アリスが目をあげて見ると枝の上には何も見えなくなっていました。それに長くじっとすわっていて体がとても冷えきってもおりましたから、アリスは立って歩きだしました。

すぐにひらけたところに出ましたが、向こう側は森です。前の森よりはずっと暗い森だったので入っていくかどうかアリスはちょっとためらいます。やっと考え直して入っていくことにしました。「だって戻るのいやだもん」それに第八のマスに行く道はこの道しかなかったからです。

「ものに名前がないのは」と、思いだしてアリスは言いました、「この森なのね。入っていったらわたしの名前、どうなっちゃうんだろう。すっかり名前がなくなるのいやだな――別の名をつけられるだけだし、きっと、いやな名になりそうだもの。でも、わたしの前の名をつけて歩いてる相手が見つかるのは、楽しいだろうな！　いなくなった犬のおたずね広告みたいよね、『ダッシュと呼ぶと答えます。真鍮《しんちゅう》の首輪をしています』とかね。会う相手を片はしから『アリス』と呼んでみると、そのうち必ず答える相手がいるなんて面白い！　だけど、頭よかったら、絶対返事しないと思う」

　そうやって歩くうちに森に着きました。とても涼しくて暗い森でした。「ほんと気持ちいいわ」と、木陰《こかげ》に入るとアリスは言いました。「暑かったんだもの、こうやって中に入れると——ええっと何の中、だっけ？」しゃべり続けるのですが、何の中か、言葉が出てこないのでほんとうにびっくりです。「ええっと何の下——何の下にいるのかしら——ううん、これの下よねっ！」そう言いながら木の幹に手を当てています。「これ、なんて呼ばれているのかしらね。名前、持ってないんだ——きっと名前ないんだ！」

　アリスはもの思いにふけったまま、少しの間何も言わないでじっと立っていましたが、また急にしゃべりはじめます。「ほんとにそうなっちゃってるんだ！　そうなると、わたしってだれ？　がんばれば思いだせるわ！　思いだしてみるっ！」みるって言っても、できないものはできない。ああだこうだ頭をひねっ

てみましたが、口をついて出てきたのはただ、「Lだわ。どうやらLではじまるのはたしか！」という言葉だけでした。

その時、一匹の仔鹿《こじか》が歩いてきました。大きな目でアリスをじっと見つめて、全然こわがっていないようでした。「おいで！　おいで！」と言いながら、アリスは手を伸ばして仔鹿をなでようとします。仔鹿は少しばかりあとずさりしましたが、またじっとアリスを見つめはじめます。

「名前、なんていうの？」仔鹿の方で切りだしました。やさしい甘い声！

「わたしが知りたい！」と、かわいそうなアリスは思いました。悲しそうに、

「名なしなの、今のところ」と答えます。

「よっく考えてごらん」仔鹿が言います。「名なしはまずいだろ」

よく考えてみましたが、何も出てきません。「きみこそ名前、なんていうの？」と、アリスはおずおずと言ってみます。「それが何かの手がかりになるかもしれない」

「も少し行ったら言ってあげられる」と仔鹿。「ここでは思いだせないんだ」

それから一緒に、この森を歩いて通り抜けました。アリスは仔鹿のやわらかい首をいとおしげに腕で抱えながら。やがてもうひとつ別のひらけた場所に出たのですが、そこで仔鹿はいきなりぴょおんと宙にとびはね、アリスの腕から身をふりほどいたのです。「ぼっくはコ　ジ　カ！」嬉しそうに叫びます、「それで、なんだい！　そっちはヒ　トだ！」突然、そのきれいな茶色の目に驚きの色が浮かんだかと思うと、あっという間に仔鹿はかけ去っていったのでした。

　アリスはそれを目で追いながら、突然仲良しの道連れをなくしたのを残念に思いました。「でも名前はわかった」と叫びます。「ちょっとはほっとできる。アリス——ア　リ　ス——もう忘れないわ。で、この道しるべ、どっち行けばいいのか

しら？」

　どっち行くもなにも、森の道はただ一本だけ、ふたつの道しるべは同じ道を指しているのです。「すぐわかるわ」アリスはつぶやきます。「道がふたつに分かれるところが来たら、別々の方向を指すはずね」

　でもそういうふうになりそうにありませんでした。ずいぶん長い間、歩きに歩いたのですが、道がふたつに分かれるたびに必ずふたつの道しるべは同じ方向を指していて、ひとつには「**トゥイードルダムの家はこちらへ**」とあり、もうひとつには「**こちらがトゥイードルディーの家**」とありました。

「なあんだ」アリスがまとめます。「つまり同じ家に住んでるってことね！　なんでこんなことに気づかなかったのかしら――でも、そこに長居なんかできないわ。『こんにちは』って声かけて、森から出られる道をたずねるだけよ。ああ、日が暮れる前に第八マスに行ければなあ！」そこで、ずっとひとりごとを言いながら歩き続けましたが、急に曲がるところで二人のふとったちいさな人間にばったり出くわしました。あまりにばったりだったものですからアリスは思わず退《ひ》いてしまいましたが、すぐ我《われ》に返って思いますには、そう、まちがいっこない、こ

の二人こそが

IV トゥイードルダムとトゥイードルディー

二人は互いに腕を相手の首にかけて、一本の木の下に立っておりましたが、アリスにはどちらがだれか、すぐわかりました。襟《えり》の刺繍《ししゅう》に一人のは「ダム」とあり、もう一人には「ディー」とあったからです。「二人とも襟の向こう側に『トゥイードル』ってあるはずよね」

　あまりにも動かないので生きものだということも忘れていたアリスは後ろに回って、襟の向こう側に「ト

ウィードル」と書いてあるかどうか見てみようとした時、「ダム」と書いてある方が声を出したもので、アリスはびっくりしてとびあがりました。

「蠟《ろう》人形と思ってるんなら」と、その者は言いました、「お代《だい》を払えよ。ただで見られる蠟人形なんて、ないぜ。そりゃない！」

「さかさまさかさに」今度は「ディー」と書いてある方が言います、「生きものだって思うんなら、なんか声かけるのが当然だろな」

「ほんとうにごめんなさい」アリスはそう口に出すのがやっとです。古い歌の言葉が時計のチクタクみたいに頭の中でずっと鳴りひびいていたからです。で、それがつい口をついて出ました。

トゥイードルダムにトゥイードルディー
やろうと決めたのはけんか。
トゥイードルダム言うには、トゥイードルディー
新しいがらがらこわしたから。

そこにとんできたばけものガラス、
くろいこと、まるでタールのたるで。
豪《ごう》のもの二人のなんてびくつく、
けんかのこと、すっかりわすれて。

「何を考えてるかはわかってる」とトゥイードルダム。「だけど、そりゃないぜ」

「さかさまさかさに」と続けるのはトゥイードルディー、「もし、そりゃあったぜということなら、そうあったのかも。もしそうだったのなら、その先もそうなんだろう。しかるに、そうでないのだから、かくてそりゃない。筋《すじ》とおってるだろ」

「何を考えてたかといいますと」と、アリスはとても丁重《ていちょう》に言いました、「この森を出るのに一番いい道ってどれかなということです。だってあたり、もうずいぶん暗くなっちゃったし。教えていただけません？」

しかしちいさなおでぶちゃんたちはお互い目配《めくば》せして、にっと笑うばかりです。

大きな学童二人という感じでしたから、アリスはついトゥイードルダムを指さして「きみっ！」と言ってしまいました。

「そりゃない！」トゥイードルダムが元気よく叫びます。そしてまたぱちんと口を閉じてしまいました。

「次のきみ！」と言って、アリスはトゥイードルディーを指しましたが、「さかさまさかさ！」としか言うまいとわかっていましたし、実際そうなりました。

「はじめ方、まちがってら！」トゥイードルダムが言いました。「人と会ったらまずは『こんにちは』だろ。それから握手！」そこで兄弟二人抱き合って、あいた二本の手をつきだしたのは、むろんアリスと握手するためでした。

アリスは先にどちらか一方の手と握手しようとはしません。もう一人の気分をそこねてはいけないと思ったからです。そこで厄介《やっかい》にならないよう一度にそのふたつの手を握ったものですから、あっという間に三人、輪を描いて踊りだしていました。それは（あとから考えても）とても自然でしたし、アリスは音

楽を耳にしてもびっくりさえしませんでした。音楽は三人がその下で踊る木のかなでるもので、（アリスが一生懸命考えてみますに）枝と枝がこすれ合ってたてる音なのでした。ヴァイオリンを弓がこするみたいなものかな。

「でも、なんだか変なの」（この話全部を後日《ごじつ》姉さまに話して聞かせた時、アリスは気づいたのです）、「いつの間にか『くわの木のまわりで踊ろう』を歌ってたのよね、わたし。いつ歌いだしたものか、わからない。気がついたら、なんだかとても、とても長い間歌ってる感じだった！」

踊っていた二人はおでぶちゃんですから、たちまち息がきれました。「一回のダンスで回るの、四回でじゅうぶん」と、トゥイードルダムがあえぎあえぎ言い、三人は突然はじめたように突然踊りやめました。音楽も、同時にやまりました。

それから二人、アリスの手をはなすと、一分くらいアリスをじろじろと見ました。いままで一緒に踊っていたばかりの相手とあらためて会話をはじめるというのも変なもので、間の悪いことったら。

「ここで『こんにちは』はちがうわね」とアリス。「もう、その先へ行っちゃってるんだし！」

「くたびれませんでした？」やっとアリスがそう口火をきります。

「そりゃないな。お気づかいほんとにありがとさん」とトゥイードルダム。

「非常なる感謝カンゲキだ！」とトゥイードルディーも言いました。「きみ、詩は好きかい？」

「えっ？　あっ、好きよ——詩にもよるけど」と、アリスはずいぶん慎重な答えです。「どの道を行けば森から出られるんですか？」

「何聴かせてやろうか」と、ものすごくまじめそうな顔でトゥイードルダムの方をふり向きながら、トゥイードルディーが言いましたが、アリスの質問などまるで気にかけていません。

「一番長いやつ、『せいうちと大工』かな」と、兄弟を大事そうに抱きしめながら、トゥイードルダムが答えました。

トゥイードルディーがすぐにはじめます。

おてんとさん、海に光ってた――

ここでアリスは思いきって口をはさみました。「と、とても長い詩なのでしたら」と、できるだけ丁重に言いました、「先に道を教えてくだ――」

トゥイードルディーはにっこり笑うと、再びはじめました。

おてんとさん、海に光ってた、
めいっぱいに光ってた。
いっしょうけんめいだから
波もしずかに光ってた――
だけどこれはおかしい、だって

それ夜中のことだから。

おつきさん、むっと光ってた、
おてんとさんがいすわって
なにしろすごくじゃま
昼もとうにおわってて——
「あいつお呼びでないよ、
人のたのしみぶっつぶして!」

濡れに濡れた海、
かわきにかわいた砂。
雲が見えない、だって
お空に雲ないから。
頭のうえに鳥が見えない——
とんでる鳥いないから。

せいうちと大工が
　歩いてた、よりそって。
なんでこんなにもなみだ
　こんなに砂見て。
「ぜんぶなくなりゃあ」いうも
　いったり、「せいせいする！」って。

「女中七人《ななたり》、箒《ほうき》が七本
　半年かけてはいたらば、
どうだ思わんか」とせいうち、
　「きれいに片付くとは」
「むりもむり」と、これは大工、
　流すなみだのほろにがさ。

「カキ君ら、来て歩こ!」
　さそうはせいうち。
「たのしく歩き、たのしくしゃべろ、
　浜はちょっぴり塩からい。
といっても四匹《よたり》まで、
なにしろ握手の手足りない」

年よりカキが相手みて、
ひとこともいわずに。
年よりカキ、めをつむり、
　重い頭ふり――
カキ床《どこ》出るにしのびん
と、そういいたげに。

そこへ若ガキ四匹来て、

おもしろいことないか。
着物にブラシ、顔洗って、
　くつもぴかぴか——
だけどこれはおかしい、だって、
　カキに足あるか。

ほかに四匹つづき、
　あとからさらに四匹。
どんどんあとからあとへ、
　カキ、またカキ、さらにカキ——
白波カキわけてとびあがると、
　浜をめがけておしよせきたり。

せいうちと大工が
　一マイルそこらも歩き、

こしおろした岩
　ぐあいよく丈《たけ》低い。
ちいさなカキども
　立ったままで列つくり。

「時みちた」と、これはせいうち、
　「いろいろしゃべろ
くつ——船——封蠟《ふうろう》のこと——
きゃべつ——王たちのこと——
なぜ海が熱くわくか、
　ぶたに羽ありやなしや、と」

「待っておくれ」とカキ叫ぶ、
　「これじゃしゃべれぬ。
息ぎれしてるのがいる、

だってみんな肥ってる！」
「いそぐまい！」と、これは大工。
カキみな大感謝する。

「パンの一斤《いっきん》」とせいうち、
「これないとしょうない。
酢とこしょうと
そろえば文句ない――
さあいいか、カキ諸君、
さあ食べるの、はじまり」

「ぼくらをかい！」とカキ叫ぶ、
ちょっと顔あおい。
「やさしてくれたのに
あとでこれじゃ、あんまり！」

「良夜《あたらよ》なり」とせいうち、
　「景色よくてうっとり」

「来てもらってごくろう！
　きみらほんとにすばらしい！」
大工ものいわず、ひとこと
「よこせ、パンをもう一枚。
なんと、きこえぬふりか——
　いわせるな同じたのみ！」

「ひどい話だ」と、せいうち、
「こんなむごいぺてんにかけて。
こんな遠くにつれだして、
　こんなに早くいそがせて！」
大工ものいわず、ひとこと

「バターの塗りちょっと厚いぜ！」
「きみら思うとただ涙」と、せいうち。
「ほんま同情にたえぬ」
すすり泣き、なみだで選ぶ
なんと一番でっかいやつ、
ハンカチだして
なみだ目に当てる。

「や、カキ君たち」と、これは大工、
みんないっしょ、たのしい走り！
も一度、かけて戻ろうか！」
なのになんの答えもない——
そりゃなんもおかしくない、だって
ひとつ残らずの食べつくし。

「せいうちさんがいいわ」とアリス。「だってかわいそうなカキたちに少しは同情してるもの」

「だけど大工よりたくさん食ったんだぜ」とトゥイードルディー。「ハンカチを口に当ててたんだって、どれほど食べたか大工に数えられないようにしたわけさ。さかさまさかさに」

「なんてずるいの！」アリスは怒って言いました。「じゃ、大工の方がいい――せいうちほど食べなかったんだもの」

「だけど食える限りは食ったんだぜ」と、トゥイードルダム。

難問でした。ひと息入れてアリスが「そうね！　どちらもほんとにいやな――」と言ったところで、びっくりして言葉がとぎれます。近くで大きな蒸気エンジンがぶるぶるふるえるような音がしたからで、アリスはけものだったらこわいと思いました。「このあたりにはライオンとかトラとかいるんですか？」と、アリスはびくびくして聞きました。

「なあに、赤のキングのいびきさ」とトゥイードルディー。

「様子、見にいこう！」と兄弟は言い、それぞれがアリスの手をとって、キングが寝ているところにつれていきました。

「どうだい、かわいいだろ？」とトゥイードルダム。

正直、そうは見えませんでした。房のついた高い赤ナイトキャップをかぶって丸まったかっこうは、何かのきたないかたまりがころがっているようで、その大きないびきときたら、「頭を、いびきとばしそうだろ」とトゥイードルダムが言うほどでした。

「湿った草の上に寝て、風邪ひかないかなあ」とアリス。ほんとうにいろいろ、気のつく少女ですよね。

「夢を見てるんだ」とトゥイードルディー。「それにしても、なんの夢見てるんだと思う？」

アリスは「そんなの見当つかないわよ」と言います。

「あはは、きみのことを、さ！」トゥイードルディーはしてやったりと手を叩きながら叫びます。「それでね、きみを夢見るの終わったら、

きみ、どうなるんだかわかる？」

「もちろん、ここにいるわ」とアリス。

「それが、いないんだなあ！」ばかにしたようにトゥイードルディーが答えます。「きみはどこにもいない。そうさ、きみはキングの夢の中にある何か、それ以上のなんでもないわけ！」

「もしキングがめざめたら」と、トゥイードルダムがつけ足して、「きみは消える――ボッて――ろうそくの火みたいに！」

「消えるもんですか！」腹をたてたアリスの大声です。「それによ、わたしが、この人の夢の中の何かなら、あなたたちはなんなの、知りたいわね」

「右に同じ」とトゥイードルダム。

「右に、右におんなじ！」トゥイードルディーは大声です。

あまりの大声でしたから、アリスは思わず「静かに！　起こしちゃうじゃないの、そんなにうるさくしたら」と言うしかありませんでした。

「キングを起こすことをきみがとやかく言っても仕方ないな」とトゥイードルダム。「だってきみ、キングの夢の中にある何かというにすぎないんだから。

自分がほんものじゃない、ってわかってないのかね」

「絶対ほんもの！」と言って、アリスは泣きだします。

「泣いたからってちょっとはほんものになれるとか思ってるのかい」とトゥイードルディー。「なに泣くことなんかあるもんか」

「わたしがほんものじゃないとしたら」とアリス——とてもおかしな泣き笑いという感じです——「第一、泣くこともできないはずよ」

「きみまさか、それほんものの涙だなんて思ってないよなぁ」もうばかにしきった口調でトゥイードルダムが割って入ります。

「二人とも、ナンセンス」と、アリスは自分に言いきかせます。「泣くのはばかばかしいわ」そこで涙をぬぐうと、できるだけ元気に続けます。「とにかくこの森から出られるといいんだけれど。だってほんとうに、なんだか真っ暗くなってきたわ。雨かしら」

　トゥイードルダムが大きな傘を自分と兄弟の上に広げ、中を見あげています。

「いいや、ふらないと思うね。少なくとも——こいつの中にはなぁ。そりゃぁない」

「外にはふるかも、っていうこと？」

「かもな――雨のやつしだいさ」とトゥイードルディー。「別に反対はしない。さかさまさかさに」

「勝手におし！」とアリスは思いました。そして「じゃ、さよなら」と言って立ち去ろうとした時、トゥイードルダムが傘の中からとび出てきて、アリスの手首をつかみました。

「それなんだかわかるか？」と言う声も怒りにふるえ、目もあっという間に黄色い大きな目になっていました。木の下にころがっているちいさな白いものを指している指がぶるぶるふるえています。

「ただのがらがらですよ」このちいさな

白いものをよくしらべてから、アリスが言いました。「ガラガラヘビじゃなくて」といそいで言い足したのは相手をこわがらせないためでした。「ただの古いがらがらです――すごく古くて、こわれてるわ」

「知ってるよ！」と、じだんだを踏み、髪をかきむしりだしたトゥイードルダムが叫びます。「むろん、ぶっこわされたんだ！」そしてトゥイードルディーを見つめたものですから、トゥイードルディーはすぐにしゃがみこみ、傘の中にもぐりこもうとしました。

　アリスはトゥイードルダムの腕に手を置くと、なだめ口調で言いました。「古いがらがらのことぐらいで、そんなに怒ってはいけないわ」

「古くなんか、ない！」一段と怒ってトゥイードルダムが叫びます。「しんぴんだぞ――昨日買ったばっかりの――ぼくのかっこいいしんぴんがらがらちゃん！」その声は完全に叫び声になっています。

　その間じゅうずっと、トゥイードルディーは中に自分を入れたまま傘をたたもうとじたばたしていました。ともかく変なものですから、アリスは怒っている方の兄弟からすっかりそちらの方に気をとられてしまいました。傘た

たみはうまくいかず最後は傘にくるまれたまま、頭だけ出してころがっている
ていたらくです。ころがりながら、口をぱくぱくし、大きな目をぱちくりする
様子といったら――「もう魚そっくり」と、アリスは思いました。
「むろん、いくさ、やるよなあ？」少し落ちついてトゥイードルダムが言いました。
「そのつもりさ」不機嫌そうにもう一人が答えます。傘からやっとはい出たところです。「ちゃんと着るの、この子が手伝ってくれればだが」
そして兄弟二人、手に手をとって森に消えましたが、一分もすると腕に何かをいっぱい抱えて戻ってきました――クッション、毛布、炉の敷物、テーブルクロス、皿おおい、石炭入れなんかでしょうか。「きみ、紐《ひも》を留《と》めたり、ゆわえたりするの、得意かい？」とトゥイードルダム。「なんだかんだこいつら全部つけなきゃはじまんないんだから」
あとでアリスが言ったことですが、いままでこんな大さわぎ見たことがない――二人、こんなにせきたてまくり――むちゃくちゃ体につけまくり、紐をゆわえ、ボタンを留めるのにこんなにも厄介かけまくり――というあんばいだっ

たのです。「できあがったらもうまるで古着おばけだわね！」クッションをトゥイードルディーの首に、「首がちょんぎられないように」つけながら、アリスは言いました。

トゥイードルディーがまじめくさって言うには「だって、戦ってる時、一番大変なことって多分――首をとられることだろう？」

アリスは笑い声をあげそうになりましたが、なんとか咳《せき》にみせました。相手を傷つけたくなかったからです。

「顔あおいかい？」やってきて兜《かぶと》をつけてもらおうと、トゥイードルダムが聞きました（兜とか呼んでいましたが、でもどう見てもシチュー鍋でした）

「うん――そうね――少しだけ」アリスはやさしく答えます。

「おれ、いつもはとても強いんだ」と、相手は大きな声で続けます。「今日はたまたま頭痛がする！」

「こっちゃ歯痛《はいた》だ！」相手の言うことが耳に入ると、トゥイードルディーが言いました。「こっちの方が何倍も痛い」

「じゃ今日はけんかやめとけば」と、ことをおさめる頃合いとみて、アリスが言います。

「どうしてもちょっとはやらなけりゃな。長く引っぱる気はないが」とトゥイードルダム。「いま何時《なんどき》だい？」

トゥイードルディーが時計を見ます。「四時半だな」

「じゃ六時までやる。それから夕めしにしよう」とトゥイードルダム。

「そうだな」とても悲しそうに相手が答えます。「そして彼女が審判役——とにかくおまえ、あんまり近くに来ないことだ」つけ加えて「目に入ったものはなんだってぶちのめすからな——興奮してるとまちがいなく」と言いました。

「こちらも手近なものはすべて打つ」と、トゥイードルダム。「目に入ろうと入るまいとだ！」

アリスは声をたてて笑いました。「しょっちゅう木を叩くんでしょうね」とアリス。

トゥイードルダムは嬉しそうに微笑して、ぐるりとまわりを見回します。「そうさな、戦いが終わるころにゃ、このあたり一面、一本の木も立って残ってるの、ないだろさ！」

「ちっちゃながらがらくらいで！」と、そんなどうでもいいものが原因でけんかするなんてばかげていると、ちょっとは反省させられないかと思ってアリスが言いました。

「どうでもよいと言えばどうでもよかったんだが」とトゥイードルダム、「しんぴんのがらがらでなかったら」

「ばけもののガラスが来ないかなあ！」と、アリスは思いました。

「刀はこのひとふりだけだ」と、トゥイードルダムが兄弟に言います。「だけどそちらにゃ傘がある――刀くらい鋭い。さあ、手早くはじめようぜ。真っ暗になる」

「どんどん暗くなる」とトゥイードルディー。

あっという間に真っ暗でしたから、アリスはすぐ嵐が来るにちがいないと思いました。「なんて真っ黒な雲なの！　なんて速いの！　翼があるみたいっ！」「カラスだ！」びっくりして甲高《かん》い声をあげたのはトゥイードルダムでした。そして二人、くるりとくびすを返すと、たちまちに姿が見えなくなりました。

アリスは少しだけ森にかけこみ、大きな木の下に隠れました。「ここなら、つかまらないですみそう」と思います。「大きすぎて、木の間に入りこんでこれないでしょう。でも、あんなに羽をばたつかせると――森じゅう大風《おおかぜ》になるわ――あれえ、だれかのショールが吹きとばされてるう！」

V

羊毛と水

そう言いながらアリスはショールをつかむと、だれのものかとあたりを見回します。すると突然、空を飛ぶみたいに両手を大きく広げて森の中から白のクィーンがとび出してきましたので、アリスはうやうやしくショールを持って近づいていきました。

「ちょうどここにおりましてようございました」と言って、アリスはクィーンが再びショールをまとう手伝いをします。

びっくりしてどうしてよいかわからないという顔をして、クィーンはアリスをじっと見つめるだけ。なんだか「バタつきパン、バタつきパン」というようなことをぶつぶつ口ごもっているばかりなので、もし会話ということになれば、話すのは自分の方かな、とアリスは思いました。そこでおずおずと切りだします。「気づけば白のクィーンさま、でしょうか？」

「それを着付けと言うなら、たしかにそうじゃ」とクィーン。「わいしの言葉の使い方とはちがうがの」

せっかくはじまった会話がいきなり議論というのではつまらないので、アリスは微笑して言いました。「どうやればお気に召すかおっしゃってさえいただけば、わたしめの方で一生懸命やってさしあげましょう」

「別にさしあげんでもよい！」と、クィーンはうめくように言います。「この二時間、わし、みずから着付けておる」

だれか着付け役がいれば絶対その方がよいとアリスは思います。それほどクィーンはだらしない様子でした。「何もかも曲がってる」とアリスはひとりごとを言います。「それに体じゅうピンだらけ！――ショール、ちゃんとしてさしあげましょうか？」と、つい声に出して言いました。

「何が気に入らんのかのう！」悲しげにクィーンが言います。「どうもショールのやつ、ごきげん斜めなのじゃ。あっち留《と》め、こっち留めしたが、喜んでもらえん！」

「全部片っぽうにばかり留めてもうまくは参りません」ちゃんとしてさしあげながらアリスは言いました。「ああ、お髪《ぐし》もいけません！」

「ブラシがからまってしもうて！」と、クィーンはため息をつきます。「それに櫛《くし》は昨日なくした」

　アリスは慎重にブラシをとりはずしてからクィーンの髪をできるだけきちんとさせました。そして、ほとんどのピンをつけ直してから、「ずいぶんさっぱりされました！」と言いました。「それにし

ても一人、侍女《じじょ》さんをおつけになられた方がよいのでは？」

「喜んでそちをつけよう！」とクィーン。「週二ペンス、ジャムを一日おきにどうかい」

アリスは声をたてて笑う他ありません。「わたしはお許しください――それにジャムは好きではありません」

「最上等のジャムじゃがの」とクィーン。

「いずれにしても今日はいりません」

「いると言われても無理じゃの」とクィーン。

「明日のジャム、昨日のジャムはあるが――今日のジャムはない。これが規則じゃからして」

「でもやがて必ず『今日のジャム』になるのでは？」とアリスは答えました。

「ありえぬ」とクィーン。「ジャムは一日おき。よいか、今日というのは一日おかれぬ日なのじゃ」

「何おっしゃってるのやら」とアリス。「とってもこんぐらがってて！」

「後ろ向きに暮らしておるとわかるぞ」と、クィーンは親切に教えてくれます。

「はじめこそちょっとくらっとくるがの――」

「後ろ向きに暮らす、ですか！」びっくりしてアリスはおうむ返しに言いました。「そんなのいままで聞いたことありません！」

「とてもよいところがひとつある。記憶がの、前後両方に働くのじゃ」

「わたしのは片方だけです」とアリス。「何かが起こらないうちに思いだすなんて、ありえないわ」

「後ろ向きだけの記憶とは、またあわれな話じゃな」とクィーンは言いました。

「お妃さまが一番はっきり思いだされますのは、どのようなことでしょう?」アリスは思いきってたずねます。

「うむ、さ来週に起きたことどもだな」と、クィーンが平然と答えます。「そう、たとえばの話」と、大きな絆創膏《ばんそうこう》を指にはりながらクィーンはこう続けました。

「王の使いの者がおるのじゃ。罰をこうむっていまは牢の中じゃが、裁判は早くて来週の水曜。そして罪は一番最後におかされる」

「もし罪がおかされなかったら、どうなります?」とアリス。

「そりゃ、その方がベターじゃ、ちがうか?」リボンの切れはしで指に絆創膏をくりつけながら、クィーンが答えます。

　それって否定しようがない、とアリスは思いました。「なるほど、たしかにその方がベターです」とアリス。「が、それならその人、罰せられない方がベターじゃないですかね」

「ふむ、そこがまちがいじゃ」とクィーン。

「そち、いままで罰せられたことはあるか？」

「ちょっとしたことでだったら」とアリス。

「それでベターじゃ、よい子になったじゃろ！」勝ち誇ったように、クィーンが言いました。

「それはそうですけど、わたしは罰されるようなことを現にしちゃったわけだから」とアリス、「話は全然ちがいます」

「現にしなければ」とクィーン、「その方がベターだったわけじゃよ、ベター、

ベター、ベター！」その声は一度「ベター」と言うたびに甲《かん》高くなっていって、最後にはもうまったく金切り声になっていました。

「どこかまちがって――」とアリスが言いだしたとたん、クィーンが絶叫しだしたものですから、言葉はそこでとぎれます。手をちぎれんばかりにふりながら「あっ、あっあっ！」とクィーンは叫びます。「指から血じゃ！　あっあっあ！」

　クィーンの叫び声は蒸気機関車の汽笛そっくりでしたから、アリスは思わず両手で耳をふさいでしまいました。

「どうなさったのでしょう？」話を聞いてもらえそうな機会をとらえて、アリスはたずねます。「指を刺しちゃったんですか？」

「まだ刺しておらん」とクィーン。「じゃが、じき刺す――あっあっああ！」

「いつ、でしょう？」笑いを必死でこらえながら、アリスがたずねます。

「もう一度ショールを留める時じゃ」かわいそうにクィーンはうめき声をあげます。「じきブローチがはずれる。あっ、あっ！」そう言う間にもブローチがはずれ、クィーンはいきなりそれに手を出して、もう一度つかまえようとしたのです。

「危ない！」アリスが叫びます。「曲がったまんまの、つかんじゃう！」アリスはブローチをつかまえましたが、おそかったのです。ピンがはずれて、もうクィーンの指を刺してしまっていました。

「血が出てたわけ、わかったじゃろう」と、クィーンがアリスに笑いかけながら言います。「ここでは万事がこういうぐあいなのじゃ」

「じゃ叫ぶのいま、じゃないのですか？」アリスはたずねながら、今度も耳を手でおおっています。

「もうさっき叫びまくっておいたぞ」とクィーン。「そっくりもう一回やってなんになる？」

この頃までにはあたりは明るくなっていました。「カラス、行っちゃったみたい」とアリス。「行ってくれてよかったこと。夜が来たのかと思っちゃったもの」

「わしもよかったなんて言うてみたい！」とクィーン。「そのやり方が思いだせぬ。この森におって、好きな時によかったと思えるなんてなんぼか楽しいのじゃろうなぁ！」

「でも、ここでとってもひとりぼっち！」アリスが悲しそうな声で言います。そしてひとりぼっちだと思うと、大つぶの涙がふたすじ頬をつたって落ちていきました。

「ああっ、そんなじゃいけない！」かわいそうにクィーンは絶望してもみ手をしながら言いました。「自分がどんなにえらい子か思いだすのじゃ。今日どれだけいっぱい歩いたか考える。いま何時か考える。なんでもよい、考えるのじゃ、泣くのだけはおよし！」

　こうまで言われると、アリスは涙を流しながらも声をたてて笑う他ありませんでした。「お妃さまは何か考えていれば泣かないですむのですか？」とアリスはたずねます。

「そうなるなぁ」クィーンはきっぱりと言いました。「だれも、いっぺんにふたつのことはできぬじゃろう。てはじめに年齢を考えてみや――そち、いくつになる？」

「ほんとうに七歳半です」

「『ほんとうに』はいらぬ」とクィーン。「言われんでも信じられる。それじゃ今度は、そちが信じられるかどうかということ、言うてやる。わしな、百歳とひとつ、五ヶ月と一日じゃ」

「そんなこと信じられない！」とアリス。

「信じられぬか」あわれむようにクィーンが言います。「もう一度やってごらん。まず深呼吸、それから目をつむって」

アリスが笑い声をあげます。「何回やってもおんなじです。ありえないことは信じられない」

「多分、練習不足なのじゃ」とクィーン。「わしがそちの年の頃だといつも一日半時間は練習した。文字どおり朝めし前に、ありえぬことどもを六つまでは信じたものじゃ。またしてもショールがっ！」

言う間にもブローチがはずれ、強い風がひと吹きあって、クィーンのショールが小川の向こうへ飛んでいきました。またしてもクィーンは両手を広げ、飛ぶように追いかけていったのですが、今度は自分の手でうまくつかみました。「つかまえてやった！」勝ち誇ったようにそう叫びました。「またピン留めじゃ

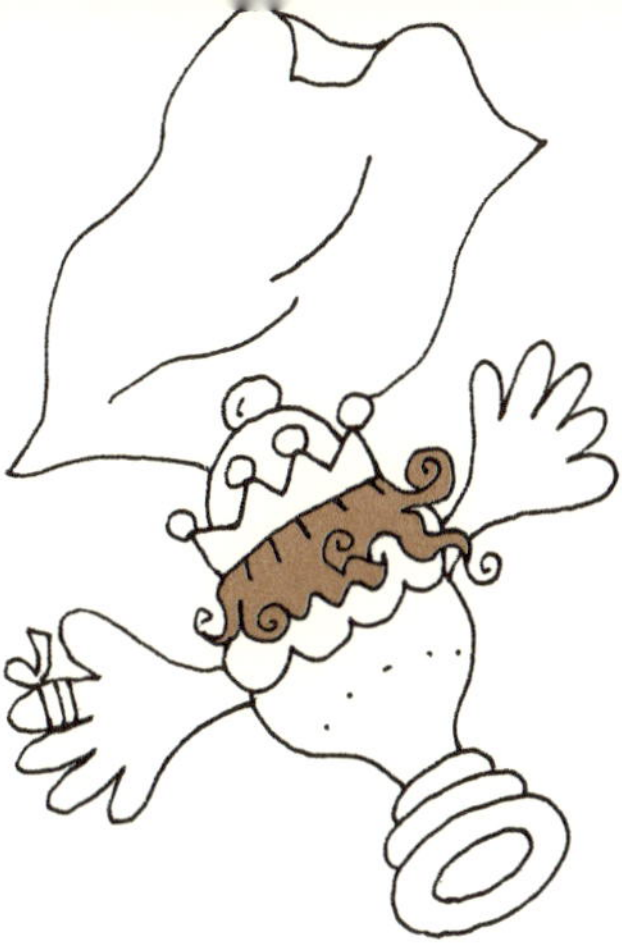

が、助けはいらぬ！」
「お指の方も前よりベターなようで、なによりです」と、アリスがクィーンのあとから小川を越えながら、丁寧に言いました。

＊　＊　＊

「ああ、全然ベターじゃ！」とクィーン。そう言ううちにも声がどんどん金切り声になっていきました。「全然ベター！　ベエター！　ベエーエーター！　ベエーエーター！　ベエーエーエー！」最後の言葉などはベエーエーエーと長く伸びるばかりで、まるでヒツジみたいと、アリスはびっくりしてしまいました。

アリスがクィーンに目をやると、突然羊毛に全身がくるまれているようでした。アリスは目をこすって、もう一度よく見ました。何がどうなったのかまったくわかりません。わたしいるの、どこかのお店？　これってほんとうに――ほんとうにヒツジさんが、カウンターの向こう側にすわってるの？　いくら目をこすっても相変わらずわけがわからない。暗いちいさなお店で、アリスはカウンターにひじをついているのです。反対側には一匹の年寄りのヒツジが、ひじかけ椅子《いす》にすわって編みものをしており、時折手を休めては大きな眼鏡ごしにアリスを見るのでした。

「で、何が欲しいんだい？」編みものの手を休めて目をあげると、ヒツジの方から口をひらきました。

「まだよくはわからないのです」アリスはとても礼儀正しく言います。「まわりをす

べて見回してからです」

「そりゃあ前は見られるし、まあ両側だって見られなくはない」とヒツジ。「だけどまわりすべては見られっこない。頭の後ろに目がついてれば別だろうがね」

そんな目、アリスにあるはずもないので、仕方なくくるりとふり向くと、戸棚に近づいて目をこらしました。

店はあらゆる珍妙なものでいっぱいのようでしたが——なかでも変なのは、アリスがどの棚に何が並んでいるのかじっと見ようと目をこらすたび、まわりの他の棚はぎっしりつまっているのに、見つめている棚だけいつもからっぽ、ということでした。

「ここではなんでも流れてくのね！」時に人形に見え、時には道具箱にも見え、いつだって目をこらす棚よりひとつ上の棚にある大きくて輝く物を一分かそこらむなしく追いかけていたアリスは、悲しそうにそう言いました。「こいつ一番いらいらする——そう、どうするかごらん——」アリスは突然何か思いついて言い足します。「一番上の棚まで追いつめてやるわ。天井が越えられないで困っちゃうの、見ててやる！」

しかしこの思いつきもだめでした。「物」は音ひとつたてず、もうまるでいつもなれっこというようにあっさり天井を越えていってしまったのです。

「おまえ子供かい、回るコマなのかい？」別の編み針を手にとりながらヒッジが言います。「そんなにくるくる回ると、こっちは目を回しちまいそうだよ」

いまでは十四組みの編み針を使っての編みものですから、アリスはびっくりして目をみはっているばかりです。「どうやったらこんなにたくさん使って編めるのかしら？」わけがわからなくなって、ひとりごとをつぶやきます。「なんだかどんどんヤマアラシに似てきたわね」

「おまえ、ボートは？」ヒッジはそう言いながら、ひと組みの編み針をアリスに渡します。

「はい、少しなら――でも、ここ陸の上ですよね――それに編み針じゃあ――」とアリスが言ったとたん、編み針は手の中でオールに変わり、そこはすでに土手の間をすべっていくちいさなボートの中だったのです。もう一生懸命にこぐしかありません。

「オールでお撥《は》ね！」また別の編み針をとりあげながらヒッジが大声で言いま

した。

何か答えなくてはいけないということでもなさそうでしたから、アリスは黙ってこぎ続けました。なんだか変な水、とアリスは思いました。時々オールがはまって動かず、なかなか水から出てこないのです。

「だからお撥ね！　撥ねるのっ！」さらに編み針をふやしながら、またヒツジが叫びます。「カニでもつかまえたいのかい？」

「ちっちゃなカニがいい！」とアリスは思いました。「かわいいのが」

「『お撥ね』って言ってるの、聞こえないの？」と、まとめて編み針をつかみながら、ヒツジが怒ってどなります。

「ちゃんと聞こえてます」とアリス。「何度も、何度も——とても大きな声で。一体カニさんはどこ？」

「水の中に決まっとる」もう手がふさがってしまったので編み針を髪に刺しながら、ヒツジが言います。「ほら、撥ねるの！」

「どうしてそんなに何度も『はね』『はね』っておっしゃるんです？」まったくわけがわからないので、とうとうアリスが聞きました。「わたし鳥じゃないし！」

「くちばしの黄色い阿呆ドリだよ」とヒツジ。

これにはアリスも少しむっとしましたので、一、二分の間会話がとぎれました。その間にもボートは静かに水面《みなも》をすべっていきました。時には草の床《とこ》の間を（水の中でオールをいっそうしっかりとらえたのがこれなのです）、時には木《こ》の下を。そして同じ丈《たけ》高い川の土手がいつも上の方でけわしい顔をして見おろしていました。

「あっ、おねがい！　いいにおいの燈心草《とうしんそう》が！」嬉しさがこみあげて、アリスが叫びます。「ほんとにあるんだ——なんてきれい！」

「燈心草のことでわしに『おねがい』なんて言うこたあないよ」編みものから

目をあげもせずにヒッジは言います。「ここへ持ってきたのもわしじゃないし、どっかへ持っていくってこともないんだし」

「えっ――あっそうじゃなくて――おねがいですから、ちょっと摘《つ》む間、待ってくださいませんか？」アリスはそう言いたかったのです。「ちょっとボートを止めてかまいませんか？」

「わしがどうやって止めるって？」とヒッジ。「おまえさんがこぐのやめれば、ひとりでに止まるはずじゃろ」

そしてボートは勝手に流れるままになって、ゆっくりと揺れる燈心草の中にすべりこんでいきました。それからアリスのちいさな袖《そで》がまくりあげられ、ちいさな腕がひじまで水の中につっこまれると、ずいぶん向こうの燈心草までがつかまり、手折《たお》られます。その間、ボートの側から身をのりだして、からみあった髪の毛の先を水にひたしたアリスは、ヒッジのことも編みもののことも忘れていました――ただただ、いとおしいにおいのいい燈心草を、ひとつかみ、ふたつかみ、瞳をきらきら輝かせながら摘んでいったのです。

「ボート、ひっくり返らないといいけど！」とはアリスのひとりごと。「あっなんてきれい！　でもうまく手が届かない」たしかにちょっといじわるされてるみたいでした（「まあ、まるでわざとやってるみたいね」とアリスは思いました）。ボートが燈心草のそばを通る時、アリスはめいっぱいに摘みとるのですが、もっときれいな花がいつも手の届かぬ先の方に咲いているからでした。

「一番きれいなのはいつも向こう！」必ず遠くに花咲く燈心草たちにため息をつきながら、最後にアリスは言いました。頬には血の気《け》がさし、髪と手から水がたれております。アリスは元の場所に戻ると、手に入れたばかりの宝の整理をはじめました。

　燈心草はアリスが摘みとったその時から枯れはじめ、香りも色もたちまち失《う》せていったからといって、その時のアリスにはなんだっていうのでしょう。本物の燈心草だってほんとうに短いいのちなのですが、これはまたさらに夢の燈心草ですから、アリスの足もとに重ねられていきざま淡雪《あわゆき》のように消えてなくなっていったのです――が、アリスはそのことに気づきません。気をとられる変なことが他にあまりにいろいろあったからです。

　それほど進まないうちに、一本のオールの水かきが水の中にしっかりつかまってしまってどうしても出てこようとしなくなりました（これ、後日《ごじつ》のアリスの言い方です）。その結果、オールの柄《え》がアリスのあごの下のところを打ち、かわいそうなアリスに「あっあっ、あっ！」というちいさな叫び声をあげさせもしないうちに座席からふっとばし、アリスは燈心草の束の上に落ちてしまいました。

　でも、けがはしなかったので、すぐに起きあがります。その間もヒツジはなにごともなかったように編みものを続けていました。「大したカニをつかまえたね！」アリスがちゃんと席に戻って、またボートの中だとほっとすると、ヒツジが言いました。

「どこ？　わたし、見なかったわ」ボートから用心深く身をのりだして、暗い水の中をのぞきながらアリスが言いました。「逃がしたくないなあ――ちっちゃなカニ、おうちにつれて帰りたい！」ヒツジはばかにしたような笑い声をたて、相変わらず編みものを続けています。

「ここはカニが多いの？」とアリス。

「カニだけじゃない、なんでもある」と、これはヒツジ。「どれでも選びほうだい、どれにするか決めるだけじゃ。それでほんとうに買いたいのはなんじや？」

「買いたいのは、ですって！」アリスはそっくり繰り返したのですが、半分はびっくりし、半分はこわがった声です――というのもオールもボートも、なんと川さえもがあっという間にかき消えて、元の暗いちいさな店にアリスは戻ってしまっていたからです。

「卵をひとつ下さいな」と、アリスはおずおずと言いました。「おいくらですか？」

「一個五ペンス一ファージング――二個なら二ペンス」とヒツジは答えます。

「二個が一個より安いの？」アリスは財布を出しながらびっくりして言いました。

「二個買ったら二個とも食べねばならぬ」とヒツジ。

「じゃあ、ひとつおねがい」カウンターの上にお金を置くと、アリスは言います。ひそかに思うに、「あんまりいい卵じゃなさそう」だったからです。

ヒツジはお金をしまいます。「ものをじかに人の手に手渡すことはしない

――よくないことじゃ――じゃから自分でおとり」と、そう言いながらヒツジは店の反対側に行くと、棚のひとつに卵をまっすぐに立てました。
「よくない、ってどうしてなの？」店のはしの方はとても暗かったので、テーブルや椅子の間を手さぐりして進みながら、アリスは思いました。「この卵、わたしが近づくだけ、遠くになるみたい。あれっ何、椅子？　枝が出てるわ！　木がこんなところにあるなんてとっても変！　あらまあ、小川も！　こんな妙なお店、見たことない！」

*　*　*

そうやって、すべてのものがたどり着くと木に変わってしまうものですから、一歩行くごとにびっくりです。だから卵もそうなるだろうとアリスは思いました。

VI

ハンプティ・ダンプティ

　しかし卵はただただ大きくなり、ただただ人間みたいになるだけでした。アリスが数ヤードというところに近づいてみると、それには目と鼻と口があることもわかりました。そして近くに行ってみると、それはまさしく**ハンプティ・ダンプティ**、とはっきりわかりました。「他のだれだっていうの！」とアリスはひとりごとを言います。「まちがいない。顔じゅうに名前を書いてるみたいなものよ」

　なにしろ大きな顔。名前は楽に百回も書けそうでした。ハンプティ・ダンプティがトルコ人みたいに両足を交叉《こうさ》させてすわっているのは高いへいの上でし

た――それにそこはとても狭いので、どうやってバランスをとっているのかアリスはふしぎでたまりませんでした。それから、ハンプティ・ダンプティは反対の方にじっと目をこらしていて、アリスのことなどまるで気がついておりませんでしたから、アリスは着ぐるみかと思ったほどです。

「それにしても卵そっくりに見えること！」いつ落ちてきてもふしぎはないので、その時は抱き止めようと両手をかまえながら、アリスは声に出して言いました。

「なんともかとも腹立たしい」と長い沈黙のあと、アリスから目をそらしたまま、ハンプティ・ダンプティが言いました。「卵呼ばわりとはな――なんともかとも！」

「ちょっと卵みたいに見えると言っただけです」と、アリスは下手《したて》に出て説明します。「第一、卵によってはとってもかっこいいですし」と言い足しましたが、これでほめたことになってればよいと思ったのでしょうか。

「人間によっては」と、例によってアリスから目をそらして、ハンプティ・ダンプティは言いました、「知能あかんぼう並みというのがいる！」

これにはアリスも答えようがありません。アリスに向かって何か言ってくれない以上、会話になっていない、とアリスは思います。現にこの最後の言葉など、どうみても木に向かっての言葉でした――それで、小声でこう唱えながら立っておりました。

ハンプティ・ダンプティ　へいのうえだ。
ハンプティ・ダンプティ　むちゃ落ちた。
王の馬と王の家来　すべて送りこみ
なのにやっぱり元にはもどせない　ハンプティ・ダンプティ。

「おしまいの一行、この詩には長すぎるわね」と、ほとんど声に出してアリスは言いました。ハンプティ・ダンプティの耳に入るかもしれないことなど忘れていたのです。

「そんなふうに一人、ぶつぶつ言ってるんじゃない！」やっとアリスを見てハンプティ・ダンプティが言いました。「名前と用向きを言ってみな」

「名前はアリス、だけど――」

「なんて間抜けな名だ、ったく！」いらいらしてハンプティ・ダンプティが口をはさみます。「それ、どういう意味なんだい？」

「名前に意味なくちゃいけないの？」疑うようにアリスが聞き返します。

「むろん、なくてはいかんね」ハンプティ・ダンプティはちょっと声をたてて笑って、言いました。わしの名はわしの形を意味している――なかなかかっこいい形を、な。そっちみたいな名前じゃ、ほとんどどんな形をしててもよさそうじゃないか」

「どうしてずっとひとりぼっちなんですか？」と、議論になるのがいやでアリスはたずねます。

「ふん。ふたりぼっちじゃないからに決まっとる！」と、ハンプティ・ダンプティは大声で言いました。「そんなのに答えられんとでも思ったか？ ほら、次のなぞなぞ」

「地上にいる方がもっと安心とか思いません？」アリスは言いましたが、なぞなぞをかけようというつもりなどまったくなく、ほんとうにこの妙な相手のことを心から心配しているのでした。「だって幅、ほんとうに狭そう！」

「なんてたあいないなぞなぞじゃ！」ハンプティ・ダンプティがうなるように言いました。「むろん、わしゃそうは思わん！ 仮にわしがつい落ちるとして――ありえんことじゃが――仮に落ちるとしても――」ここでハンプティ・ダンプティが口をすぼめ、いかにもえらそうに見えたものですから、アリスは声をたてて笑うしかありませんでした。

「仮に落ちるとしても」とハンプティ・ダンプティは続けました、「キングがわしにお約束下された――どうだ、びっくり仰天してもいいぞ！ わしの口からこんな言葉がとび出るとは思わなんだじゃろが。キングがわしにお約束下された――キング、口ずからじゃ――何をかと言えば――何をかと言うと――」

「王の馬と王の家来をすべて送りこむ、って言うんでしょう」アリスはあさはかにも割って入ります。

「やっ、そりゃない！」と、ハンプティ・ダンプティは大声をあげ、突然怒りだします。「さては戸口で盗み聞きしてたんだな——木の後ろで——煙突のところで——でなきゃ、それ知ってるはずないぞっ！」

「そんなこと全然してません！」ととても落ちついて、アリスは言いました。「本にそうあるんです」

「ほうっ、なるほど！　本ならそういうこと書きかねん」と、少し冷静になってハンプティ・ダンプティが言います。「『イングランド史』とかいう本だろう。さあ、わしをよっく見ろ！　キングと口をきいたんだぞ、わし。そんなやつ、二度と見ることもないだろう。お高くとまってるわけでもない証拠に、握手してやってもいいぞ！」そしてハンプティ・ダンプティはほとんど耳から耳へとさけた口でにたにたと笑い、前かがみになって（そしてそうすることですんでのところでへいから落ちんばかりになって）アリスに手をさしだします。その手を握りながら、アリスはちょっとこわそうにハンプティ・ダンプティを見つめています。「もうちょっと大きく笑ったら口の両はしが頭の後ろでくっついちゃうかも」とアリスは思いました。「そうなったらこの頭に何が起きるのかしら！　とれてふたつになっちゃったりして！」

「そうとも、王の馬と王の家来だ」とハンプティ・ダンプティ。「こやつらが、たちまちにわしをひろいあげてくれよう、必ずや！　それにしてもちょっと話、早すぎるな。最後からふたつ目の話に戻ろう」

「どの話かわからないのですが」アリスがとても丁寧に言いました。

「その場合ははじめからやる」とハンプティ・ダンプティ。「話題を選ぶの、わしの番じゃ――」（「まるでゲームみたいに言うのね」とアリスは思います）

「さあ、質問だ。おまえ、いくつだと言ったかな？」

アリスはちょっと計算して言いました。「七歳半」

「まちがい！」勝ち誇ったようにハンプティ・ダンプティは言います。「そんなこと、おまえ一度も言ってない！」

「『おまえ、いくつか？』と聞かれたと思ったのよ」とアリスは説明します。

「なら、わし、そう言っているよ」とハンプティ・ダンプティ。

ここでもアリスは議論になるのがいやでしたから、口をつぐんでいました。

「七歳半だって！」何か考えているふうに、ハンプティ・ダンプティは繰り返しました。「なんだか面白くない年齢だな。もしわしにいい忠告をということだったら、『七歳でやめておけ』って言ってやってただろうな——が、いまとなっては手おくれだ」

「おとなになっていくことで忠告なんかもらわないわよ」アリスはむっとして言いました。

「へえ、お高くとまってるなあ」相手が言いました。

そうまで言われてさらにむっとして、「そうじゃなくて」とアリスも言いました。「ひとりでにおとなになってくの、どうしようもないでしょう」

「多分一人じゃな」とハンプティ・ダンプティ。「だが二人なら大丈夫。ふたりでになら、七歳でやめておけたかもなあ」

「なんてきれいなベルト！」突然アリスが言います（何歳かという話、もうたくさん、とアリスは考えていました。それに、話を選ぶのがほんとうに代わりばんこなのなら、今度は自分の番だと思ったのです）。

「ていうか」と、ちょっと考えて、言い直します、「なんてきれいなネクタイ――いや、やっぱりベルトですよね――ごめんなさい！」困って言い足します。ハンプティ・ダンプティがかんかんのように見えたので、アリスはこの話題を選んだのは失敗、と思いはじめたのでした。「はっきりすればなあ」とひとりごとを言います。「どこが首か、どこが胴か！」

ハンプティ・ダンプティは一分か二分、なんにも言いませんでしたが、とても怒ってる様子がありありでした。やっとまた口をひらいた時、それは大きなうなり声でした。「いやはや――なんともかとも――腹がたつなあ」と最後に言いました。「ネクタイとベルトの区別もつかんとは！」

「ほんとうにばかですみません」アリスが思いきり下手《したて》に出たのでハンプテ

ィ・ダンプティも気分が変わったようです。

「ネクタイじゃよ、あんたも言うようにきれいなネクタイ。白のキングとクィーンからのいただきものじゃ。どんなもんじゃい！」

「それ、すごいですね」やっぱりいい話題でよかったと、アリスはほんとうにほっとしました。

「いただきものじゃぞ」組んだ足を両手で抱えながら感慨ぶかそうにハンプティ・ダンプティが言います。「お誕生しない日プレゼントじゃ言うて——お二人にいただいた」

「えっ、なんですって？」よくわからないので、アリスがたずねます。

「別にかまわんよ」とハンプティ・ダンプティ。

「その、お誕生しないなんとか、って一体なんです？」

「誕生日でない日にもらうプレゼントじゃよ、もちろん」

アリスはちょっと考えてから口をひらき、「絶対、誕生日プレゼントの方がいいわ」と言いました。

「わけのわからんことを！」とハンプティ・ダンプティ。「一年て、何日あるかい？」

「三百六十五日よ」

「では誕生日は？」

「いちにち」

「三百六十五ひく一はいくつだい？」

「三百六十四よ、もちろん」

ハンプティ・ダンプティは疑っているようでした。「紙の上でやってみてくれよ」と言います。

アリスはメモ帳をとり出しながら笑うしかなく、さっそく相手の代わりに計算します。

$$\begin{array}{r} 365 \\ -\quad 1 \\ \hline 364 \end{array}$$

ハンプティ・ダンプティは帳面を手にすると、じっと見入っていました。「合ってるようだな――」と切りだします。

「上下さかさまですよ！」とアリス。

「ほんとだ！」ハンプティ・ダンプティは帳面をひっくり返しながら明るく言いました。「なんか変だなとは思っていたんだ。さっきも言ったが、合ってるようだから――いま、きっちりしらべている暇はないが――お誕生しない日プレゼントをもらえる日は三百六十四日ということになる」

「たしかに」とアリスは言いました。

「それで誕生日プレゼントをもらえるのはたったの一日しかない。天晴《あっぱ》れ至極《しごく》じゃ！」

「あっぱれって何がですか」とアリス。

ハンプティ・ダンプティはばかにしたように笑っていました。「むろんわかるまい――教えてやろう。そうさな、反論の余地なき議論ってやつだ！」

「でも『天晴れ』は『反論の余地なき議論』という意味にはなりませんけど」と、アリスは反論します。

「わしが言葉を使う時にはな」ほんとうにばかにしきった口ぶりで、ハンプティ・ダンプティが言いました、「わしがそれに意味させたいと思うものをそれは意味する――それ以上でもそれ以下でもない」

「問題はね」とアリス、「言葉にそんなにいっぱい、いろいろなことを意味させることができますかってことよ」

「問題はな」とハンプティ・ダンプティ、「どっちが主人になるかということだ」

アリスはわけがわからなくなって黙っていました。一分ほどしてハンプティ・ダンプティが口をひらきました。「やつら自制がむつかしくてな、やつらの一部、ことに動詞がそう――お高くとまりやがって――形容詞はなんとでもできるが、動詞はなかなか――じゃが、わしゃ、やつら全部を好きにできる。感入無用！　わしゃ、そう言いたいね！」

「どうか教えてください」とアリス。「それ、どういう意味です？」

「やっとまともな子供の口がきけたな」上機嫌《じょうきげん》な様子でハンプティ・ダンプティは言いました。「『感入無用』とは、この話はもういいや、それからそっちがこれからずっとここにいるつもりもなさそうな以上、次にどうするつもりか言ってくれるとありがたいという意味だ」

「ひとつの言葉に意味させすぎ」と、考え深そうにアリスが言います。

「こんなふうにいっぱい仕事をしてもらう時には」とハンプティ・ダンプティ、

「いつも残業代、払うよ」

「へえっ！」ほんとうにどう考えていいのやら、わけがわからないアリス、何も言えません。

「土曜の夜、やつらがわしのところに来るのを見せたいね」と、まじめくさって左右に頭をふりながらハンプティ・ダンプティは続けます。「給金を受けとりに来るんだ」

（給料を何で支払うのかアリスはたずねませんでした。だからわたしにもわかりません）

「言葉の説明、とてもお上手なようですね」とアリス。「『ジャバウォッキー』っていう詩の意味、教えていただけると嬉しいんですけど」

「聞かせてみな」とハンプティ・ダンプティ。「いままでつくられた詩は全部解説できるし、まだつくられてない詩だって大方は説明してやれるぞ」

これは大いに有望そうでした。そこでアリスは第一連をそらで言ってみました。

まだくころすらぬらとうぶ
にやなれてはくるくるきりきり
みむじきれたるぼろこうぶ
もうむたるらすのひしゃくり

「はじめるにはこれくらいで十分じゃろう」と、ハンプティ・ダンプティが割って入ります。「むつかしい語がずいぶんとあるなあ。『まだく』とは夕まだき、午後四時ごろのこと——夕ごはんを炊《た》きはじめるというわけじゃ」

「なあるほど」とアリス。「『すらぬら』は？」

「うむ、『すらぬら』じゃから『すらすらしてぬらぬら』か。『すらすら』は『し

なやか』に近い。要するにカバンにつめこむみたいにできとる――ひとつの語にふたつの意味がつめこまれておる」

「わかりました」のみこめたというふうにアリスは言いました。「じゃ、『とうぶ』は?」

「そうだな、『とうぶ』はアナグマみたい――かつトカゲみたい――でコルクの栓抜きみたいなもの」

「ほんとうに妙なかっこうしてるんでしょうね」

「そんなもんだ」とハンプティ・ダンプティ。「日時計の下に巣をつくるし――いつもチーズを食べてる」

「『くるくる』と『きりきり』は?」

「『くるくるする』はジャイロスコープみたいにくるくる回ること、『きりきりする』とはまさしく錐《きり》みたいに穴をあけること」

「『にやなれて』って日時計のまわりの草むらのことかな?」とアリス。自分の頭のよいことにびっくりします。

「その通り。『にやなれて』というのはその前にややはなれ、後ろにもややはなれてということで――」

「左右にもややはなれているのね」と、アリスがつけ加えます。

「それから『みむじきれたる』は『みじめ』かつ『まじぎれ』じゃ」（これもカバンみたいになってるな）「『ぼろこうぶ』はやせた、みっともない鳥で、体じゅ

うから羽がつきだしていて――まあ、生けるモップという感じだ」

「じゃ、『もうむたるらす』は？」とアリス。「次々お手数かけちゃいますけど」

「そうさな、『らす』ちゅうのはミドリブタの一種。『もうむ』はようわからんな。思うに『ホームからも』が縮まったのかな――道を迷ってでもいるのか」

「では『ひしゃくり』っていうのは？」

「『ひしゃくる』はなんか、ひいひいとひゅうひゅうの間で、真ん中にひっくひっくが入る。多分耳にすることもあろうし――あっちの森の中でとか――一度でも耳にしたらきっと納得いくよ。こんなややこしいの聴かせたの、どこのだれだい？」

「本で見ました」とアリス。「前にこれより全然やさしい詩ならいくつか誦《そらん》じてくれる相手もいたんです――トゥイードルディーさんとかね」

「詩をというのなら」と、大きな手を伸ばしてハンプティ・ダンプティが言います、「その気になれば、わしだって他のやつらぐらいはうまく詩の暗誦《あんしょう》はできるぞ」

「えっ、その気にならないでいいです！」あわててアリスが言ったのは、ハンプティ・ダンプティにはじめてもらいたくなかったからです。

「わしが誦んじるのは」と、アリスの言葉なんか聞いていないハンプティ・ダンプティが言います、「あんたを喜ばせるためだけに書かれた詩じゃ」

それなら耳を貸すしかないじゃないですか。そこでアリスは腰をおろすと、とてもつらそうに「おねがいします」と言いました。

野白くなりわたる冬に、
このうた歌わん汝《な》がために――

「わしはぁんたのために歌わんがね」と、ハンプティ・ダンプティは説明をつけ足しました。
「見るにそのようですね」とアリス。
「わしが歌ってるかどうか見えるたぁ、よっぽどいい目をしてるんだなぁ」と、ハンプティ・ダンプティがきびしい口調で言いました。アリスは黙っています。

森みどりになりまさる春に、
心に思うこと告げん汝《なれ》に。

「ほんとうにありがとう」とアリス。

日ながくなりまさる夏に、

おそらくこの歌愛《め》でられん汝《なれ》に。

わくら葉の色づく秋に、
これを書きとめよペンとインクをとり。

「いつまでもおぼえていればそうします」とアリス。
「わざわざそんなこと言うにおよばん」とハンプティ・ダンプティ。「つまらんね、いらいらさせる」

われ伝言を魚に送る、
そのいわく「これをこそ望む」

海の小魚ども返す、

われに向かい答《いら》えをひとつ。

小魚どもの答えは
「そりゃできぬ、なぜならば――」

「なんのことなんだかわかりません」とアリス。
「先へ行けばわかる」とハンプティ・ダンプティは答えます。

伝言さらにもう一度
「したがうが賢明」と。

魚ども笑っての答えは、
「なに怒ってるんだか！」

一度言った二度までも、
きゃつら無視この忠告を。

でかくて新しいやかん、
これであることせにゃならん。

心はあがる心はさがる。
ポンプ使ってやかん満たす。

そこへ誰か来ていわく
「小魚ども寝ています」

そやつに言った、きっぱりと、
「じゃ起こすまでもう一度」

とても大きく、はっきり言った。
行ってやつの耳もとで叫んでやった。

ハンプティ・ダンプティはこの詩を誦んじながら声がどんどん大きくなり、最後は金切り声でしたから、アリスはびっくりして「何をもらっても、この伝言を伝える役だけは御免だわ！」と思いました。

しかるにやつ堅物《かたぶつ》の高びい野郎。
その言うにゃ「どなるなよ、そう」
高びいな堅物だなんともかとも、
その言うには「行って起こすよ、もしも――」

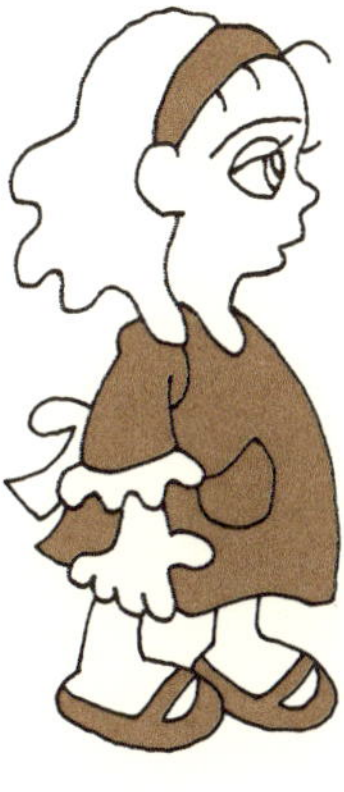

おれは棚から栓抜きとると、
自分で行ってやつら起こそうと。

行けばきっちりしまった扉、
引いて押した蹴ったなぐった。

きっちりしまった扉が相手だ、
取手ひねろうとした、が――

そこで長い休みが入りました。
「それでおしまいなんですか？」アリスはおずおずと聞きます。
「おしまい」とハンプティ・ダンプティ。「バイバイだ」
いきなりなのね、とアリスは思いましたが、どこかへ行けとこれほどはっきり言われては、残っていても礼を欠くのかとも思いました。そこで立ちあがると、手をさしだしました。「さようなら。またお会いしましょう！」できるだけ元気に言ってみました。

「ひょっとしてまたお会いしたとして、あんただとは二度とわからんだろう」むっとしてハンプティ・ダンプティは答えましたが、指一本を握手のためにつきだしています。「あんた、まるで他のやつらとそっくりだからな」

「普通、顔でわかるんですけど」アリスはちゃんと考えて、言いました。

「まさしくそこに文句を言いたい」とハンプティ・ダンプティ。「あんたの顔、だれの顔とも同じだからなぁ——目がふたつ、こう——」（と親指で空中に形をなぞります）「真ん中に鼻、下に口。いつだって同じだ。たとえば鼻から見て同じ側に目ふたつがついてる——とか、てっぺんに口とかあったら——ちょっとは楽なんだがな」

「きれいな顔じゃないですね」とアリスは反対します。ハンプティ・ダンプティは目を閉じたまま、「まあ、やってみるさ」と言いました。

アリスは相手がもう一度口をひらくのを一分ほど待っていましたが、ハンプティ・ダンプティが目をあけず、もう自分のことを気にもとめていないのを見ると、「さようなら！」ともう一度言いました。が、これにも返事がないので、そのまま立ち去っていきました。立ち去りながら、こうひとりごとを言ったのです。「いろいろ愉快ならざる相手に――」（これはもう一回、今度は口に出して言ったのですが、こういう長い単語を口にするのがアリスはとても嬉しかったからです）「いろいろ、いろいろ愉快ならざる相手に会ってはきたけれど――」言葉は途中でとぎれます。まさにこの時、何かがぐしゃっと砕けるような大きな音が森をはしからはしまでゆさぶったからです。

VII

ライオンとユニコーン

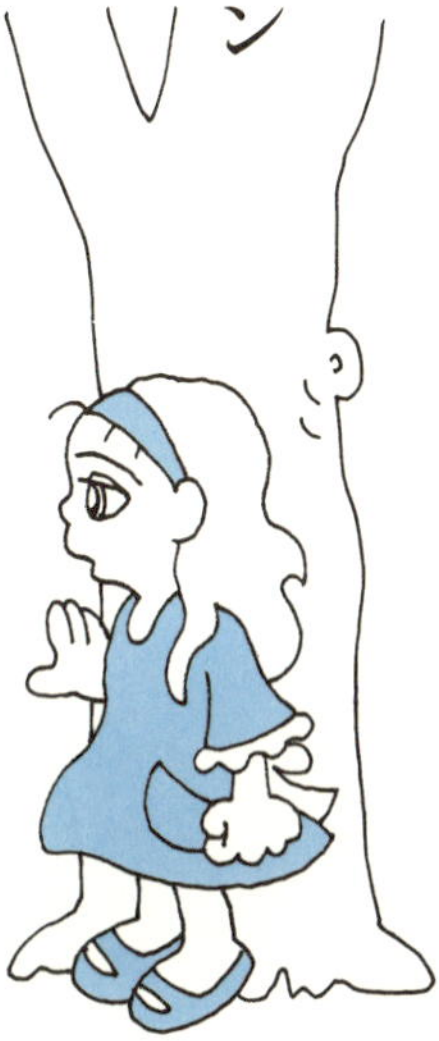

あっという間に、まず二人、三人と、やがて十人、二十人と兵士が森から現れ、ついには森全体がいっぱいになるほどの大軍となりました。アリスはつぶされないように木の後ろに隠れて、兵隊たちが通っていくのを見ていました。

それにしてもこれほど足もとのおぼつかない兵たちを見たためしがありません。いつもなにやかに蹴《けっ》つまずいていて、だれかがころぶとその上に何人かが重ねて倒れるので、地べたが人の山になりました。

次には馬たちが来ました。足が四本なので歩兵たちよりはよほどしゃんとはしているのですが、その馬たちさえ時たまにはひっくり返りますし、馬がつまずくと、乗っている者も同時に馬から落ちるべしというのが規則として決まっているらしいのです。刻一刻、混乱はひどくなりましたが、アリスは森の中からひらけたところに出られてほんとうにほっとしました。そこには地べたに腰をおろした白のキングがいて、忙しそうにメモ帳に何か書きこんでいました。

「これら全部送りこんだるは朕《ちん》ぞ！」アリスを目にとめるとキングは大喜びで叫びました。「そち、森を通る間に兵士たちと出くわさなんだか？」

「はい、出会いましてございます」とアリス。「何千人も、いたかと」

「四千二百と七人。正確に申すとな」キングは帳面を見ながら言います。「馬は全部は送れなんだ。二頭は競技中だからじゃ。使者二人も送れなんだ。町にやっておる。道をながめてどちらか見えたら教えてくれ」

「見ますに道は無人です」とアリス。

「わしにも、その目、欲しいのぅ」キングが無念そうに言いました。「ムジンが見えるとは！ しかもこんなに遠いのに！ ううむ、わしは、この光じゃフツー人が見えるのがやっとというに！」

手をひたいに当ててじっと道を見つめ続けているアリスの耳に、これらの言葉は一切入りません。「だれか見えました！」アリスはついに大声をあげました。「でも来るの、とってもゆっくり――それになんて変な歩き方！」（使者はとびはねたり、ウナギみたいにくねくねしたり、大きな両手を左右に扇の

ように広げながら道をやってきたのです）
「問題ない」とキング。「あれはアングロサクソン人の使者での――かるが故のアングロサクソン身ぶりなのじゃ。それやるのハッピーな時のみらしいぞ。名は『ヘイヤ』」（キングは「市長《メイヤ》」と韻を踏む言葉として発音しました）
「わたし恋人をは行で好きよ」アリスはやりはじめる他ありません。「だってその人ハッピーだから。わたし恋人をは行できらい、だってその人ひどいから。わたし恋人に食べさせる――何をって――何をかって――ハムサンドとほし草と。その名もヘイヤ、住んでるのは――」
「ひら山が住みか」なにげなくすらっとキングは言いましたが、自分が言葉の遊びに加わっていることにはまったく気づいていないようでした。アリスはと言えば、は行ではじまる町の名を思いつかず、ずっともじもじしていたのです。
「もう一人の使者はハッタというのじゃ。二人必要なんじゃよ――来るの、と、行くの。一人は来る用、一人は行く用」
「なんですか？」とアリス。
「人に向かって、すかとはなんだ」とキング。

「よくわからないと言ったのです」とアリス。「どうして来るのが一人、行くのが一人なんです？」

「言わなんだかいのう」と、いらいらしたキングが繰り返します。「二人必要なのじゃ――持っていくやつと持ってくるやつが」

その時、使者が到着しました。ものすごく息がきれていて、ひとことも口がきけないので、やたら手をふり回し、とてもこわい顔をかわいそうなキングに向けるばかり。

「この若いお嬢ちゃんが、は行でそちに惚れとるそうじゃ」とキングがアリスを紹介しますが、こわい顔をした使者の目を自分からそらしたいからでした――しかしむだでした――使者のアングロサクソン身ぶりはますます激しくなっていくばかり、大きな目がぶきみにぐるぐる回るだけでした。

「そちにはたまげる！」とキング。「気絶しそうじゃ――ハムサンドくれい！」

言われた使者が首からさげた袋の口をあけてサンドイッチをキングに手渡すと、キングががつがつと食べますので、アリスはびっくり仰天しました。

「もう一枚！」とキング。

「残っているのは干し草だけであります」と、袋をのぞきこみながら使者が言いました。

「では干し草を」キングが弱々しい声で言いました。干し草でキングが元気をとり戻すのをアリスは面白そうにながめています。

「気絶しそうな時に干し草か、これそっくりなもの、何かあるだろうか?」口をもぐもぐいわせながらキングが言います。

「一番よいのは冷たい水をかぶることでしょう」とアリスが言いました。「何かの気つけ薬でも――」

「よいとか別段聞いてはおらぬ」とキングは答えます。そっくりなものがあるか、と聞いたのじゃ」

それはそうだけど、とアリスは思いました。

「道でだれかを追い越したか?」使者にもっと干

し草をと手を出しながら、キングは続けます。

「無人でありました」と使者。

「そうであろう。このお嬢ちゃんも目にしているそうだ。もちろんムジンはそちより足がおそいはずよのう」

「わたし全力で走っております」むっとして使者が言います。「わたしより足の早い者は無人です！」

「もちろんおるまい」とキング。「おればそちが一番早くここに着いてはいないはずだからなあ。さあて、ひと息つけたようじゃから、町ではどうなってるのか話してもらえるか？」

「小声で申しあげます」手をラッパの形にして口に当て、それをキングの耳に近づけるように身をかがめながら、使者が言います。アリスも町のことを聞きたかったものですから、とても残念でした。ところが使者は小声で報告するどころか、声を限りの大声で叫びました。「やつら、またはじめております！」

「これを小声と申すか」とびあがり身震いしてキングが叫びます。「今度やったらバター塗りの刑ぞ！　地震みたいに頭の中をつっ走ったわい！」

「ずいぶんちっちゃな地震だったのねえ！」とアリスは思いました。「それでやつら、またはじめてってなんのことなんです？」アリスは思いきって聞いてみました。

「ライオンとユニコーンじゃよ、もちろん」とキング。

「その戦いは王位をめざして、よね！」

「その通り！」とキング。「それもこのわしの王位をというから冗談だろ！　行ってやつらを見よう」そこでかけだしたのですが、アリスは走りながら、古い歌を一人そらんじていました。

ライオンとユニコーン、王位めざして戦い、
ライオンとユニコーン、町でめいっぱい。
白パンやる者あれば、黒パンやる者あり、
干しブドウ菓子やり、追ン出すに太鼓《たいこ》叩き。

「その――あれかな――勝った方が――王位につくの？」声をふりしぼってアリスが聞きます。

「なんたることを。走ったせいで息がきれていたのです。ありえない！」とキング。「ぞっとするわい！」

「どうか――おねがいですけど――」さらに走ったものですから、息があがったアリスがあえぎながら言いました。「ちょっと止まって――息を――もう一度息がつきたい」

「おねがいにも弱いが」とキング、「体も弱いのじゃ、わし。一分一分がすごい早さですぎていく。ばんだすなっちを止めようとするようなものじゃ！」

アリスにもしゃべるほどの息が残っていませんでしたから、二人何も言わず

に走り続けました。そのうち大きな人だかりが見えてきました。その真ん中でライオンとユニコーンが戦っています。もうもうとほこりがたっているので、アリスははじめ、どちらがどちらかもわかりませんでした。やがて角《つの》があるので、そちらがユニコーンだとわかりました。

キングとアリスはもう一人の使者、ハッタが片手にティーカップ、もう一方の手にバタつきパンのひときれを持ち、立って戦いをながめているあたりに行きました。

「やつ、牢屋から出てきたばかりなんだ。放りこまれた時、まだお茶してる最中だったんだよ」と、ヘイヤがアリスに小声で教えます。「牢屋でもらってたのカキがらだけなので――あんなにがっついてるし、のどもからからなんだ。おい、どうだい、相棒?」ハッタの首を親しげに抱えながらヘイヤが言いました。

ハッタはふり返ってうなずいてから、バタつきパンを食べ続けるのでした。

「牢屋じゃうまくやってたかい、相棒?」とヘイヤです。

ハッタはもう一度ふり向きましたが、今度は涙がひと粒ふた粒、頬をつたいました。でもやはりひとことも口をききません。

「なんとか言うんだ!」いらいらしてヘイヤが大声をあげます。ハッタは口をもぐもぐさせ、お茶をちょっとするばかり。

「かんとか申せ!」キングも大声を出しました。「やつらのけんか、どうなんだ?」

ハッタは目を白黒させながらバタつきパンをぐっとのみこみました。「なかなかのも、ん、で、す」のどのつまった声で答えます。「それぞれ、が、約、八十七回、引っくり、かえって、おります」

「そろそろ白パンと黒パン出てくるのね?」思いきってアリスは言ってみました。

「それ、待ってるところです」とハッタ。「わたしが食べてるのもそれからのひときれで」

ちょうどその時、けんかにひと休みが入り、ライオンもユニコーンも息がきれて、すわりこみました。するとキングが「十分間、休憩《きゅうけい》！」と大呼《たいこ》しました。ヘイヤとハッタがすぐ、白パンと黒パンをのせたお盆を持ってまわりはじめます。アリスもひときれとって口に入れてみましたが、なんとも水気のないことったら。

「今日はもう戦うこともなかろう」と、キングがハッタに言います。「行って、太鼓はじめと伝えよ」ハッタはバッタのようにばたばたと走っていきます。

一分か二分の間、アリスはハッタをながめながら黙って立っていました。が突然、アリスの顔がぱっと明るくなります。「見て、ほら！」と、熱心に指さしながら大声を出しました。「白のクィーンがずっとかけ抜けていきます！あそこの森からとび出てきました――クィーンたち、なんてみんな足速いの！」

「どうやら後ろから敵が来るのじゃろう」と、そちらに目をやりさえしないでキングが言います。「森じゅう敵だらけじゃからな」

「走って助けにいかれないのですか？」キングがおっとりしているのにとても

びっくりしてアリスは言います。

「むだじゃ、むだじゃ！」とキング。「あれはすごい速さで走っていく。ばんだすなっちを止めようとするようなものじゃ！　じゃが、そちの気に入るのなら、奥のことを帳面に書いておこうかの――奥はほんとうに愛《う》いやつじゃ」キングはメモ帳をあけながら小声でつぶやきます。「『やつ』って字は何偏《へん》じゃったかいの？」

この時、ポケットに手をつっこんだユニコーンが二人のそばにやってきました。「今回はおれが優位だろ？」通りすがりにキングの方をちらり見すると、ユニコーンが言います。

「ほんのちょっと――ちょっとだけな」ぴりぴりしてキングは答えます。「でも角《つの》で突くの、いかがなものかな」

「けがはさせてない」どうでもよいという感じにユニコーン。ユニコーンは行こうとして、アリスの姿を目にとめると、すぐふり返り、いやなもの見てしまったなあという様子をしてじっとアリスを見つめはじめました。

「これ――これって――なんなのかい？」あげくこうたずねました。

「これ、人間の子供であります！」ヘイヤはアリスを紹介しようと正面に立つと、両手をアングロサクソン身ぶりでアリスの方に向かって広げ、そうはっきり答えたのでした。「本日発見いたしたものであります。等身大にして倍の天然ものです！」

「ふうん、おとぎ話に出てくる化け物じゃなかったのか！」とユニコーン。「生きてるのかい？」

「しゃべれますですよ」と、ヘイヤがまじめくさって言いました。

ユニコーンは夢見るような目つきでアリスを見つめてから、「しゃべってみろよ、コドモ」と言いました。

アリスは口をひらきながら笑いがこみあげて頬がゆるんでしまうのをどうすることもできませんでした。

「わたしもユニコーンなんておとぎ話に出てくる怪物とばかり思っていました。生きて歩いてるのなんてはじめて見ました！」

「そうか、じゃいま、お互いをこの目で認めたわけだ」とユニコーン。「おれが存在すると思ってもらえるのなら、こっちもそっちがほんとうに存在することを信じよう。こういう取り引きでいいか？」

「はい、それでよければ」とアリス。

「さあ御老人、干しブドウ菓子をこっちによこせよ！」ユニコーンは目をアリスからキングに移すと、言いました。「おれ、黒パンはねがいさげだぜ！」

「わかっとる——わかっとるよ！」キングはもごもごと言うと、ヘイヤに命じます。「袋をあけろ！」と小声で言いました。「早く！　そっちじゃない——そっちは干し草でいっぱいじゃろが！」

ヘイヤは袋から大きなケーキをとり出すと、それをアリスに持たせ、自分は皿一枚と切りわけるのに使う大ナイフをとり出します。どうしてそんなになんでもが出てくるのかアリスにはわかりません。なんだか手品みたい、とアリスは思いました。

そんなふうになっているところへライオンが加わります。とても疲れていて眠たそうでした。目も半分閉じています。「こりゃ、なんだい！」アリスをものうげにぱちくり見ると、ライオンは割れ鐘《がね》みたいな深いうつろな声で言いました。

「あっは、これはなんでしょう、だ」ユニコーンが大声を出します。「わかるわけねえよ！　おれもだめだったんだ！」

ライオンは面倒臭そうにアリスを見つめました。「あなたは動物ですか――植物ですか――鉱物ですか？」ひとこと言うたびにあくびしながら、ライオンは言いました。

「おとぎの国の化け物だってよ！」ユニコーンが、アリスの答えを待たずに言います。

「じゃ、干しブドウのケーキ、まわせよ、化け物」横になって前足にあごをのっけたライオンが言います。「お二人とも、すわりなよ」（と、これはキングとユニコーンに向かって、です）「ケーキはフェアプレーで頼むぜ！」

キングは二頭の大きな生きものの間にはさまってすわっているのがいかにも居心地悪そうでしたが、それ以外に場所はありませんでした。

「王位めざしてのけんか、上等じゃねえか！」ユニコーンがずるそうに王冠を見あげながら言いました。かわいそうなキング、その王冠はずり落ちそうでした。それほどふるえていたのです。

「なあに、こっちの楽勝さ」とライオン。

「そりゃどうだかな」ユニコーンが言います。

「町じゅうでぶんなぐってやっただろ、このアホが！」言いながら半分体を起こしたライオンはかんかんです。

キングがけんかをやめさせようと割って入ります。とてもこわがっていて、声にひどいふるえがきています。「町じゅうでだって？」と言いました。「だいぶあちこち行ったわけだ。旧橋は通ったか、市場は？　旧橋からは景色満点であったろう」

「そんなの知るか」また横になりながらライオンがうなってそう言いました。

「ほこりがひどくて何も見えなんだが。おい、この化け物、いつまでケーキ切ってんだ！」

アリスは小川の土手に、膝《ひざ》に大きな皿をのせてすわり、ナイフを使ってずっと切り続けていました。「とっても面倒なの！」と、アリスはライオンに向かって言います（もう「化け物」と言われるの平気でした）。「何きれも切りわけたのに、いつもすぐまたくっついちゃうんだから！」

「鏡の国のケーキの切り方、知らんのか」とユニコーン。「まずみんなに配る、切るのはそれからだ」

ナンセンスな話ですが、アリスはおとなしく立ちあがると皿を持ってまわります。するとその間にもケーキはひとりでに三きれに割れました。「そこで、切るんだ」アリスがからの皿を持って戻ると、ライオンが言いました。

「だからさ、フェアじゃねえよ!」アリスがナイフを持ったまま、どうしていいかわからないで困っていると、ユニコーンが言いました。「化け物のやつ、ライオンの方におれの倍も切ってやったぞ!」

「どのみち、化け物は取り分がない」とライオン。「おまえ、干しブドウのケーキ、好きなのか、化け物？」

ところが、アリスが答える前に太鼓の音がしはじめました。

その音がどこでするのかアリスにはわかりませんでしたが、あたりは太鼓の音でいっぱいでしたし、アリスの頭の中でも、どろろ、どろろと鳴り続けるものですから、もう何も聞こえません。アリスはとびあがると、こわくて小川をとびこえましたが

*　*　*　*　*

ライオンとユニコーンが食事中にじゃまされて怒った顔をして立ちあがるのが

見えました。アリスは膝をつくと、両手で耳をふさぎましたが、怖ろしいほえ声が耳に入ってきました。

「これが『追ン出すに太鼓叩き』でないのなら」とアリスは思います、「叩きだせるもの、絶対にありっこない！」

VIII

「これ、わがはいが発明じゃ」

さしもの騒音もやがてちいさくなっていくようでした。最後にはまったく音がしなくなり、アリスはびっくりしたように顔をあげました。だれの姿も見えませんので、アリスはライオンもユニコーンも、変なアングロサクソンふうの使者たちもすべて夢だったのにちがいないと思いました。しかし、足もとにころがっているのはまぎれもなく、アリスがその上で干しブドウのケーキを切りわけようとした大きな皿でしたから、「夢じゃなかったんだわ」とひとりごとを言いました。「みんなみんな、おんなじ夢の中というのなら話は別だけど。これがいい、これがわたしの夢だといいのに、赤のキングの夢なんてまっぴら！　だれか他の人間の夢の中に出てくるなんてぞっとするわ」と、アリスはほんとうにいやそうに言いました。「行って起こしてやる。どうなるか見てやるわ」

その時でした。「おーい、おーい、チェックだぞ！」と大きな叫び声がアリスのもの思いをさえぎりました。そして緋色《ひいろ》の鎧《よろい》のナイトが早駆けの馬でアリスの方に向かってきましたが、大きな棍棒《こんぼう》をふり回しておりました。アリスのいるところに来ると馬は突然足を止めます。「そちは、わがはいが虜《とりこ》ぞ！」大声で叫びながらナイトは馬からころがり落ちました。

アリスはびっくりしましたが、その時は自分のことより落ちた相手のことを思って、こわいと思ったのです。ナイトが馬にのぼる間も、アリスはこわごわながめていました。ナイトは鞍《くら》にちゃんとまたがると、すぐに繰り返し「そちはわが――」と呼ばわりましたが、今度は別の声が「おーい、おーい、チェックだぞ！」というのにさまたげられました。アリスは驚いて、新手《あらて》の敵は何者、とあたりを見回しました。

こちらは白のナイトでした。アリスのそばに近づいてくると、赤のナイトそっくりに馬から転がり落ちます。再び乗馬しますと、二人のナイトはそうやって馬にのったまま、何も言わずにしばらくお互いを見つめていました。アリスはちょっとびくびくしながら二人をながめています。

「この者、わがはいが虜なり！」と赤のナイトがついに口をひらきました。

「然り。まさにその故に我来たり、救わんとするものなり！」白のナイトが答えます。

「ならば戦うてこの者とるべし」と言いながら赤のナイトは（鞍の横に吊るされ、馬の首に似た形の）兜《かぶと》をとりあげると、頭にかぶりました。

「戦闘規則は順守されるであろうな、もちろん」こちらも兜をかぶりながら、白のナイトが言いました。

「いつも順守」と赤のナイト。それから二人激しくなぐり合いをはじめましたが、あまりに激しいのでアリスはなぐられないように木陰に身をひそめるしかありませんでした。

「戦闘規則ってなんなのかしら」なぐり合いを木陰からおずおずとのぞきながら、アリスがひとりごとを言います。「規則その一、騎士甲が乙を打撃する場合、必ず馬から落とさねばならないし、打ち損じたる場合はみずからが落馬すること、といったところかしらね――規則その二、棍棒はさながらパンチとジュディみたいに腕に抱えなければならないという感じね――それにしてもなんと騒々《そうぞう》しく落ちること！　暖炉の鉄具一式、炉格子にぶち当たったみたいじゃない！　お馬さんたちは静かなこと！　ナイトをのせたり、おろしたり、まるでテーブルみたいね！」

　ところがアリスが気づかなかった戦闘規則その三があって、落ちる時は必ずまっさかさまにということのようでした。二人ともそういうふうに並んで落ちた時、勝負は終わりました。二人は立ちあがり握手を交わしました。それから赤のナイトは馬に乗り、早駆けでかけ去っていきました。

「栄《は》えある勝利であったろう？」息をきらしてやってくると白のナイトは言いました。

「さあどうでしょう」と、疑わしげにアリス。「わたし、だれの虜にもなりたくありません。クィーンになるんです」

「次の小川を越せるならばなれるぞ」と白のナイト。「森のはしまで、つつがなくおぬしを送りとどける——わしはそこから引き返す。わしの手はそれで指し終わり」

「ほんとうにありがとうございます」とアリス。「兜をぬぐお手伝いしてさしあげます」どうみてもナイト一人の手におえそうにありませんでしたが、アリスはやっとのことで兜をぬがせ終わりました。

「これでやっと楽に息ができる」くしゃくしゃの髪を両手でなでつけ、やさしそうな顔と大きくて穏和な目をアリスに向けると、白のナイトは言いました。こんな妙なかっこうの兵隊、いままで見たことがない、とアリスは思いました。

着ている鎧はブリキでしたし、第一似合っていないこととおびただしい。妙な形のツゲのちいさな箱を肩にかけていましたが、上下さかさま、その上、ふたがぁいてぶらさがっていました。アリスは好奇心をかきたてられるままにそれに見入っていました。

「この箱、お気に入りと見えるな」親しげにナイトは語りかけてきました。「これ、わがはいが発明じゃ――着物やサンドイッチを入れておくためのな。さかさまにしてあるのは中に雨が入らぬ工夫じゃよ」

「でも、ものは外に落ちちゃいますよ」アリスが親切に言いました。「ふたあいてるの、御存知でした？」

「知らなんだ」と答えるナイトの顔に当惑の色があります。「中の全部、落ちてしもうたに相違ないなあ！　入れるものがないのなら、箱も無用じゃ」と言いながら箱をはずしましたが、箱を藪《やぶ》に投げこもうとした時、何か突然ひらめいたものらしく、丁寧に一本の木にかけました。「なぜこうするかわかるかな？」と、ナイトはアリスに聞きました。

　アリスは首をふります。

「ミツバチが中に巣をつくらぬかと思うてな――すりゃハチミツがとれるじゃろ」

「でも、鞍に吊るしてあるの、それハチの巣箱――とかそういうたぐいのもの――じゃありませんか」とアリス。

「そうだ、すばらしいハチの巣箱なんじゃが」と、ナイトの口ぶりは不満げです。「最高の品なんじゃが、なのにまだハチ一匹、近づいてさえこぬ。もうひとつ、これは、ネズミとりじゃが、ネズミがハチを寄せつけぬのかと思うての。あるいはハチがネズミを近寄らせぬのか、ま、いずれか、ようはわからん」

「ネズミとりはなんのため、と思ってたんです」とアリス。「だってお馬さんの背中にネズミ、いそうにないじゃない?」

「まあ、そうだろうな」とナイト。「だが万が一にも出てきたら、そこら辺でチュウチュウやらしとくわけにもいくまいが」

「だってそうじゃろう」ひと息おいてナイトが続けます。「万事にそなえあり、というのがよいに決まっておる。この馬の足に足輪がついておるの、まさにそのためさ」

「で、何にそなえて?」好奇心満々にアリスが聞きます。

「サメにかじられてもいいようにだな」とナイト。「これ、わがはいが発明じゃ。

さあて、あがるの手伝うてくれんかの。したら森の果《は》てまで相手してしんぜるが――それ、なんの皿かい？」

「干しブドウのケーキの皿でした」とアリス。

「持っていった方がよいのう」とナイト。「干しブドウのケーキを見つけた時、便利する。袋に入れるの手伝っておくれ」

これには長い時間がかかりました。アリスはとても注意深く袋の口をあけるのですが、ナイトの方が皿一枚入れるのにとても手こずったからです。はじめの二、三度なんか、なんとナイト自身が袋の中へ。「みっちりつまっとるからなあ」やっとつめ終わるとナイトが言いました。「この袋、ろうそくでいっぱいだし」それからナイトは、ニンジンの束だの炉の鉄具だのがすでにいっぱいぶらさげられている鞍に袋をぶらさげました。

「おぬしの髪、頭の上でちゃんとしているかね？」二人が歩きだすと、ナイトが聞きました。

「普通ですけど」微笑しながらアリスが答えます。

「それでは十分とは言えぬ」心配そうにナイトが言いました。「このあたり、風が異常に強いでのう。スープも濃《こ》いが、嵐も来い」

「髪が飛ばされないやり方、何か発明されました？」アリスがたずねます。

「まだじゃな」とナイト。「だが髪が抜け落ちないやり方というのならひとつあるぞ」

「聞きたい聞きたい」

「まず棒をまっすぐに立てる」とナイト。「次に髪をそれに上向きにはわせる、果樹みたいにだ。抜け落ちるという以上、下へくだるわけだな——じゃから上向きにしとけばくだらない、じゃろう。わ

「これ、わがはいが発明じゃ」

がはいが発明のやり方だが、やりたければやってみるがよい」

たしかにくだらないわね、とアリスは思いました。そうやって二、三分の間アリスは黙って歩いていきました。相手の発明話に頭をひねる一方で、時々はかわいそうなナイトを助けてやらねばなりませんでした。うまい乗り手ではなかったのです。

馬が足を止めるたび（ほんとうによく止まりました）、ナイトは前に落ちました。馬が再び歩きだすと（大体がいきなり歩きだすのです）、後ろへあおむけに落ちていきました。ナイトは前や後ろに落ちることを除けばなかなかの腕だった、とはいえ例外もあって、時々には横に向けて落ちていく癖《くせ》もあったのです。そして大概はアリスが歩いている側に落ちてくるものだから、アリスはあんまり馬の近くを歩かないのが賢いかなと考えました。

「あまり馬のお稽古《けいこ》なされなかったみたいですね」五回目に落ちてきたナイトに手を貸しながら、アリスはつい口に出してしまいました。

こう言われてナイトはとてもびっくりし、ちょっとむっとしました。「何を根拠に？」と鞍によじのぼりながら言います。向こう側に落ちないよう、片手でアリスの髪をしっかと握っていました。

「だって普通、よく稽古してたらこんなにもしょっちゅう落ちること、ないでしょう！」

「練習はたんとした」ナイトはとても重々しく答えます。「練習はたんとじゃ！」

アリスは「ほんとう？」と言う以外、何も思いつきませんでしたが、できるだけ心をこめて言いました。二人はそのあと、黙って少し歩みましたが、ナイトは目を閉じて、もごもごとひとりごとを言い、アリスは次はいつ落ちるのだろうかと不安げに見ておりました。

「乗馬の真骨頂はな」突然、右腕をさかんにふりながら大声でナイトが言います。「うまく――」と言ったところで、言葉ははじまった時と同様に突然にとぎれましたが、ナイトがアリスの歩いていた道にどうっとばかり頭から落ちたからでした。今度ばかりはアリスもほんとうにびっくりしてしまい、助け起こしながら心配そうな声で「お骨、折れてないといいけど」と言いました。

「なに、言うほどのことはない」骨の二、三本折れていても特段意に介《かい》さずという口ぶりで、ナイトは答えます。「乗馬の真骨頂は、とわしが言おうとしたのは、いかにちゃんとバランスをとるかにつきるということじゃ。ほれ、こういうぐあいに――」

ナイトは手綱《たづな》をはなし、言ったことの正しさをアリスにわからせようと両手を広げてみせたのですが、今度は後ろへ、馬の足の下へどどっと転落していきました。

「練習はたんとした！」アリスが相手をちゃんと立たせようとしている間じゅう、ナイトはずっとこれを繰り返していました。「練習はたんとじゃ！」

「ばっかばかしい！」今度ばかりはかんにん袋の緒《お》がきれたか、アリスは大声を出します。「車のついた木馬に乗るべきです、絶対に！」「そいつは楽に動いてくれるのか？」ナイトは大いに興味を持ったようですが、言いながら両手で馬の首をつかまえます。それでなんとか、また落ちないですみました。

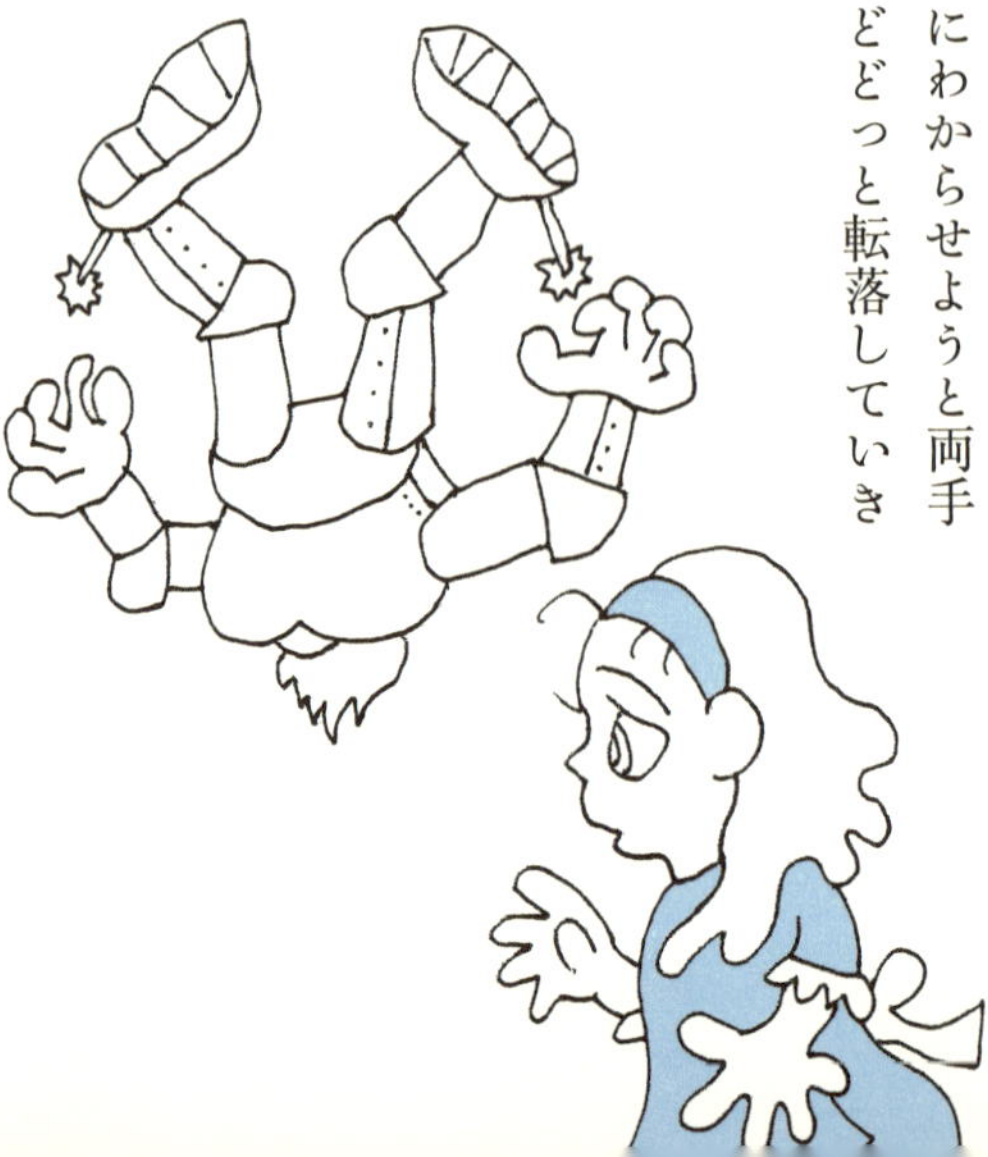

「生きた馬よりよほど楽に、ね」とアリス。おさえようにもおさえ切れず、ちょっと声をたてて笑ってしまいました。

「ひとつ欲しいなあ」ナイトは何かを考えている様子で言いました。「ひとつかふたつ――いや、いくつも欲しいのう」

少し沈黙がありましたが、やがてナイトがまたはじめます。「わがはい、発明の名人じゃ。おそらく気づいたと思うが、おぬしがわしを最後に助けてくれた時、わし、もの思いの風情《ふぜい》でなかったか？」

「ちょっともの重い感じはたしかに」とアリス。

「うん、あの時わがはい、門を越える新しい方法を発明したのじゃ。聞いてみたいか？」

「ぜひ、ぜひ」と、丁重にアリス。

「どうして思いつくに至ったのかというと」とナイト、「そう、こうひとりごと言ったのだ。『問題はただ足のみ。頭はもう十分高い』と。そこでまず門の一番高いところに頭を持っていく――頭は十分に高いわけだ――そこでさかだち――すると足も十分高いはずだな――かくて越えられたというわけ、ちがうかな」

「ええ、それやれたらたしかに越えたことになるわね」考えをまとめるように、アリスは言います。「でもとてもむつかしいとはお思いになりませんか？」

「まだためしてはおらん」重々しくナイトが言います。「だから確実には言いにくいが――たしかにちょっとむつかしいとは思う」

ナイトがそんなふうに考えて困惑しているようでしたから、アリスはいそいで話題を変えます。

「面白い兜ですこと！」アリスは楽しそうに聞きます。「それもわがはいさんの発明、ですか？」

ナイトは鞍にぶらさげられた兜を自慢げに見おろしました。「そうじゃよ」と言います。「じゃが前にもっとよいのを発明したこともある――円錐形をしとったがの。着とる時、万一馬から落ちても必ずそいつがまず地べたにつく。してわしの落ちるのはごくわずかですむわけじゃ。もっともそいつの中に落ちていく危険があった。現に一度あった。わしがなん

とか出ようとするともう一人の白のナイトがやってきて、かぶろうとしたのは難儀じゃったのう。やつ、自分の兜と思うたのじゃな」

ナイトが大まじめなので、アリスも笑えません。「お相手、けがしなかったのですか?」笑いをこらえてふるえる声でアリスは言いました。「だってその人の頭の上にのっかってたわけでしょう」

「むろん蹴ってやった」ほんとうに大まじめにナイトは言いました。「そしたらやつ、文字どおり兜をぬいだわけだ——じゃがわがはいを出すのに何時間かかったことか。わがはいが中に引かれておること——稲光りのごとし、じゃったからの」

「同じひかれるでも、そっちは光の方のひかれるでしょ」とアリスは口をはさみました。

ナイトは頭《かむり》をふりました。「そう、言うてみりゃ、わがはい、ひかれ者みたいなもんよ!」なんて言います。言いながら血がのぼって両手をあげたものだから、力が入って鞍からはずれると、深いみぞに頭から落ちていきました。

アリスはナイトをさがしに、みぞの側に走ります。しばらくうまく乗っていたものですから、アリスもびっくりしました。今回はたしかにかなりのけがかもしれません。行ってみると、見えるのは足の裏でしたが、いつものようにしゃべっているのが耳に入ったので、まずはひと安心。「ひかれ者みたいなものじゃから」とナイトは繰り返しました、「にしても軽率なやつ、他の人間の兜かぶるとは――中に人間が入っとるのに、な」

「さかさまになって、よくそんなに落ちついてお話しできますね？」アリスは相手の足をつかんで引っぱりだし、土手の上のでっぱったところに寝かせながら、言いました。

この言葉にナイトはびっくりしたようです。

「わがはいの体がどうなってようが、それがなんじゃ」と言います。「わがはいの頭はいつもと変わらず働いとる。実際のところ、頭が下にあるほど、わがはい、新たにものを発明し続けるのじゃよ」

「そうさな、そのたぐいの最高傑作といえば」

少し間を置いてナイトがはじめました、「肉料理コースの間に新しいプディングを発明したことかな」

「あとのコースに間に合って出せたんですか？」とアリス。「それ、たしかに早わざっ！」

「いや、あとのコースではない」考えながらゆっくりとナイトが言いました。「たしかに、あとさき自在なコースなんてない」

「じゃ、次の日ね。だって一回のディナーにプディングのコース、二度はないものね」

「いや、次の日ではない」またしてもナイトは繰り返しました。「次の日ではないんじゃ。実際のところは」と、頭をさげ、声をどんどん落としながらナイトは続けました。

「そのようなプディングがいままで実際につくられたとは思えん！　実際のところ、そのようなプディングが今後つくられようとも思えん！　しかし発明するにゃとてもよいプディングだったなあ」

「何でつくるんですか？」ナイトがまったく落ちこんでいるふうなので、アリスは元気づけようと聞いてみました。

「まずは吸いとり紙」ナイトはうめくように答えました。

「おいしそうじゃないわ――」

「それだけだとな」すぐに割って入るナイト。「しかし、他のもの――火薬でもいい、封蠟《ふうろう》でもかまわん――と混ぜあわると、これが全然ちがうのじゃよ。さあて、ここでお別れじゃ」二人は森のはしに着いておりました。

アリスは当惑の顔つきです。まだプディングのことを考えていたのです。

「つらそうじゃの」心配そうにナイトは言いました。「ひとつ歌をうたって、気をまぎらせてやろう」

「とても長いのですか？」とアリス。だってその日一日、歌だらけだったものですからね。

「長いこたあ長い」とナイト。「じゃが、非常に、非常に美しい。わしがそれ歌うのを聞いた人間はどいつも目に涙を浮かべるか、でなきゃ――」

「でなきゃ、何？」相手が急に言葉を切ったので、アリスが言いました。

「でなければ涙を浮かべないか、だろうな。歌の名前は『鱈《たら》の目』と呼ばれている」

「ああ、その歌の名前、ってわけね」面白がろうとして、アリスが言います。

「ちがう。わかっとらんなぁ」ちょっと困った様子でナイト。「その名前がそう呼ばれているというだけのこと。その名前は実は『老いに老いたるひと』なのじゃ」

「じゃ、その歌がそう呼ばれている、って言えばよかったのね」アリスが言い直します。

「そうではない。まったく別のことじゃ！　歌は『方法と手段』と呼ばれるのだが、それはそう呼ばれるというだけのことじゃ！」

「じゃ、その歌、何なんです？」とアリス。もう完全に何が何なんだか。

「それを言おうとしてたのじゃよ」とナイト。「歌は『門にすわってるところを』なのじゃ。曲はわがはいが発明」

　そう言いながらナイトは馬を止め、その首に手綱をのせました。それから片手でゆっくりと拍子をとります。うすい微笑がやさしい間の抜けた顔を明るくするところを見ると、曲を楽しんでいるようです。歌がはじまります。

鏡の国の旅でアリスが次々に出くわした珍しいものの中でも、あとから考えていつもとりわけはっきりおぼえていたのがこれでした。何年もたってアリスはこの景色の全体を、まるで昨日のことのように思いだせたのです。ナイトの青いおだやかな目とやさしげな微笑――その髪を通して輝く日没の色――目もくらむほどの炎のような光浴びた鎧の輝き――首から手綱をたらして静かに歩き回りながら、足もとの草を食《は》む馬――そして向こうの森の黒い影――これら一切をまるで一幅《いっぷく》の絵のようにアリスはながめます。そしてひたいに手をかざして、もの珍しい人馬のひと組みを木にもたれながら見、そして半ば夢見心地に、その歌の愁《うれ》いに満ちた調べに耳傾けているのでありました。

「でも曲はわがはいさんの発明じゃないわね」とアリスはひとりごとを言います。「『汝《なれ》に全てを与う、更にはなかるべし』よね」アリスはとても注意深く耳傾けながら立っていましたが、目に涙を浮かべてはいませんでした。

できるかぎり話そう何なりと

たいしてないが話すこと。
見たのは老いに老いたるひと、
　門にすわってるところを。
「だれだい」と問うてみた、
　「そしてどやって生きてるか」と。
答えはこちらの頭を垂れて落ちた、
　水がくぐるように、ふるいの中を。

やつのいわく、「蝶々をさがす、
　麦の間で寝てるやつ。
それからマトン・パイにする、
　それを町に売って歩く」
「売りつける相手は」と、やつ言った、
　「嵐の海わたるやつらで、
こうしてありつくおまんまだ――

とるにも足らぬと言わば言え」

そのとき頭にあったのは
ほほひげ緑に染めること、
いつも大きな扇子ぱたぱた
そのひげ見えなくすること。

だからたやすく答え出ぬ、
老いたるひとの言うことにゃ。
こちとら大声で「どやって生きている」
どたまに一発かましてやった。

やつはしずかに話して、
いわくにゃ「あちこち歩いて、
山の小川みつけて、

それに火をつけて。
やつらそれからつくるのは
ロウランドの整髪あぶら、
たったの二ペンスと半だ、
　骨折りの駄賃がそれだ」

そのとき頭にあったのは
どやってバターで生きてくか、
あげく日に日にからだ
肥えに肥えた。
やつを右に左にゆすったら、
　顔もあおくなるまで。
「どやって生きている」とどなった、
　「やってるの一体なんでえ！」

やつのいわく「鱈の目さがす
　ヒースの間に、
それでチョッキのボタンつくる、
　音もせぬ夜に。
それは金《きん》では売らぬ
　輝ける銀貨でも、
半ペニーの銅貨で売る、
　それで売ろう九個も」

「時にはパンを掘りさがし、
　鳥もち罠でカニをとる。
草茂る小山を歩き
辻馬車の車輪をさがす。
この方法で」（と、やつはウィンク）
「わしゃひともうけ――

こころからたのしく
　乾杯、旦那のため」

そんな話を聞いたのも、
　ひと仕事終えたばかりだったから、
メナイの橋のさびどめを
　ワインで煮こんでやったから。
やつには感謝、よくぞ話した
　金もうける方法を、
こちらのために乾杯たあ
　まずそれに一番の感謝を。

そしていま、なにかの具合に
　指を二カワにつけるとき、
右の足を左のくつに

ぐっとばかり入れるとき、
足の指にどっすんと
　痛いおもりを落とすとき、
泣けてくるのはなぜかと言うと
思いだすから、かつて見知りの老いたるひとを――
顔おだやか、ゆっくりしゃべるひと、
髪は白い、雪よりずっと、
カラスにそっくり、顔の色
目は赤く光る、さながら灰とも
つらくておかしくなったかバッキャロー
からだをゆらす前うしろ、
しゃべるにももぐもぐぼそぼそ、
つめてるからか口に団子を、
鼻ならすさまはまるでバッファロー――
大昔のあの夏の夕べごろ、

門にすわってるところを。

ナイトはバラッドの最後の詞《ことば》を口ずさむ間にも手綱をとり、馬の頭を、やってきた道の方に向けました。そして、「ほんの二、三ヤードも行けばよい」と言います。「丘をくだり、小川を越えるならば、もはやおぬしはクィーンじゃ——ただ、まず少々残ってわがはいを見送ってはくれまいか」ナイトの指さす方角に目をこらすアリスに、そう言いました。「手間はとらせぬ。道のあの曲がり角に行くまで、残っておぬしのハンカチをふってくれればよいだけじゃ。わがはい、それで少しは元気も出よう」

「もちろん、残っています」とアリス。「こんなに遠くにまでありがとうございました——それにお歌まで——とってもすてきな歌」

「そりゃなによりじゃった」と、ちょっと疑わしそうにナイト。「もっと泣くかと思っていたが泣かな

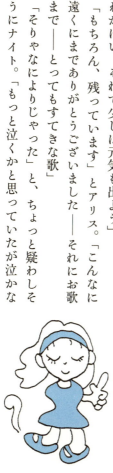

んだのぅ」

そうして二人は握手をし、ナイトはゆっくり森の中に姿を消していきました。

「見送りに時間はかからない」ナイトを見送りながら、アリスは言いました。「あっ、落ちちゃった！　また頭からまっさかさま。でもまたうまく乗った――馬じゅういろいろくっつけすぎてるからああなるんだ――」馬がゆっくりと道を歩み、ナイトがいまこっちに落ちたかと思えば今度はあっちにというふうになっているのをながめながらアリスが言いました。そうやって四度か五度落ちたあと、ナイトは曲がり角に行き着き、そこでアリスはナイトの姿が見えなくなるまで見送って、ナイトにハンカチをふってあげました。

「元気でたかなあ」丘を下りながらアリスは言いました。「さあ最後の小川だ。そしてクィーン！　なんていい響きっ！」二、三歩も行けば小川のふちでした。

「さあ、第八番のマス！」大声を出しながら、小川をとびこえてみます。すると

＊　＊　＊

そこは苔《こけ》のようにやわらかい芝で、あちこちにちいさな花壇がありました。「やった、とうとう来ちゃった！　頭の上のこれ、なんなの？」アリスはびっくりして叫び、手を頭にやります。何かとても重たいものが頭のまわりにぐるりとはまっていました。

「知らないうちに、これ一体、どうして？」そう言いながら持ちあげてみます。そしてそれを膝《ひざ》の上に置いてみると、なんだかわかりました。

なんと金色の王冠だったのです。

IX

アリス女王

「これ、ほんとにすごいっ！」とアリスは言いました。「こんなにも早くクィーンになっちゃうなんて、思ってもみなかった――よろしいですか、陛下」と続けますが、きびしい口ぶりです（それにしても自分を叱るの好きな少女ですよね）、「そんなふうに芝生でころげ回るの、よろしくありません！　クィーンたる者、威厳がなくては！」

そこでアリスは立ちあがり、そこらを歩いてみました――はじめは王冠がずり落ちてはいけないと、ずいぶんかちんかちんになって。しかしだれも見ている者がないと思うとほっとします。「それにもしもクィーンになったんだとしても」再び腰をおろしながらアリスは「すぐにうまくやれるようになるわ」と言いました。

なにしろ変なこと続きでしたから、赤のクィーンと白のクィーン二人がアリスの近くにいて、アリスの右と左に一人ずつすわっているのがわかっても、アリスは少しもびっくりしませんでした。どうやってそこに来たのか聞いてみたいのはやまやまでしたが、どうも礼を失《しっ》するようにも思われました。でも、チエスの試合が終わったのかどうかたずねても別に問題はなさそうです。

「よろしかったら、すみませんが――」赤のクィーンにおずおず目をやりながら、アリスは口をひらきました。

「話しかけられてから話すのじゃっ！」赤のクィーンがきびしく口をはさみます。「でもだれもがその規則に従うなら」と、いつでもちょっと議論が好きなアリスは言いました、「もしも話しかけられてから話すということなら、相手もこちらが話しはじめるのを待っているわけで、だれも何も言わないことになって――」

「笑止《しょうし》！」と赤のクィーンが叫びました。「そちゃ、わかっておらんの――」

そして渋い顔になり、一分ほど何か考えていましたが、突然話を変えました。「自分をクィーンと呼ぶいかなる権利を持つのかえ？　ちゃんと試験を通らぬうちはクィーンなどではないのに。試験は早いにこしたことはない」

「わたし『もしも』と言っただけです」と、アリスはあわれみを乞うような口調で訴えます。

二人のクィーンは目配せし合い、赤のクィーンは少しふるえながら、

「自分は『もしも』と言うただけと申しておるが」と言いました。

「それ以上、もっといろいろ言うた

ぞ！」白のクィーンが手をもみながら、うなるように言います。「いいや、さらにもっともろもろ言うたぞ！」

「たしかに言うた」と赤のクィーンがアリスに言います。「いつも真実を語れ――考えてから言え――書くのはあとから」

「あのう、わたしはそのつもり――」とアリスがはじめたとたん、赤のクィーンがいらいらして口を出します。

「そのつもりが気にくわん！　つまりじゃない、つもりじゃろう！　つもりを持ってない子供がなんの役に立とう。つもりがないジョークはつまらんが――ジョークよりむろん子供の方が大事じゃろう。もしも両手《もろて》をあげても、このことを否定はできまいの」

「両手をあげたら普通は賛成だもの」とアリス。

「そちが両手で否定したとは言うてない」と赤のクィーン。「もしもやったとしてもできまいと言うたまでじゃ」

「この子の気分は」と白のクィーン、「とにかく何かを否定したいのじゃ――何を否定せにゃならんかがわかってないだけで」

「なんとねじれたいやな性《たち》よのう」と赤のクィーン。それから一、二分、ばつの悪い沈黙が続きました。

沈黙を破って赤のクィーンが白のクィーンに言いました。「本日のアリスのディナー・パーティーにそちらさまを御招待申しあげる」

白のクィーンもおずおず微笑しながら申されるには「当方もそちらさまを」

「わたし、パーティーの話、何も知りません」とアリス。「でも、そういうことなら、わたしが客を招待しなければ」

「その機会はもうやってある」と赤のクィーン。「しかし、そちは多分、作法の勉強を大してしておるまいが？」

「作法は勉強とは言いません」とアリス。「勉強って、計算するとか、そういったことでしょう」

「そち、足し算できるかえ？」白のクィーンがたずねます。「一足す一足す一足す一足す一足す一足す一足す一足す一足す一は？」

「わからない」とアリス。「数えられませんでした」

「この子、足し算だめじゃ」赤のクィーンが口をはさみます。「引き算はどうかの？　八引く九はいくらじゃ？」

「八引く九なんて、わからない」アリスの即答でした。「でもね――」

「引き算もだめ」と白のクィーン。「割り算はどうかの？　パン割るナイフ――これの答えは？」

「ええっと――」アリスが何か言う前に、代わりに赤のクィーンが答えてしまいます。「もちろん、バタつきパン。引き算をもうひとつ。犬から骨をとる。何があるか？」

　アリスは考えます。「もちろん骨はない、だってわたしがとるわけだから――犬だっていない、わたしを咬《か》もうとして追いかけるもの――そしたらわたしもいるわけないし！」

「答えは何も残らない、かえ？」と赤のクィーン。

「そうだと思います」

「またまた、はずれ」と赤のクィーン。「犬の頭が残っているのじゃ」

「どういうことなの――」

「よいか、当然じゃ！」と赤のクィーン。「犬、頭くるじゃないか」

「おそらく」アリスが慎重に答えます。

「だから犬は行っても頭はくるのじゃ」クィーンが勝ち誇ったように大声を出しました。

　アリスはまじめを装って言いました。「犬も頭も別々の方に行っちゃうかもしれない」でも本心ではきっとこう思っていました。「わたしたち、なんてナンセンスなことばかり言ってるのかしら！」

「計算、ちょっともできぬようじゃの」力のこもった口ぶりで二人のクィーンが言いました。

「じゃ、あなたはできるの？」突然、白のクィーンに向かってアリスが聞きます。これ以上のあらさがしには我慢ならなかったのです。

　クィーンはあえぎながら、目をつむりました。そして「足し算はな」と言います。「たっぷり時間をくれるのならな――しかしどんなやり方でも引き算は無理じゃ」

「もちろん、いろはは言えようの」と赤のクィーン。

「それは大丈夫」とアリス。

「こちらもじゃ」小声で白のクィーンが言います。「あとで一緒にやってみようなぁ。そうじゃ、ひとつ秘密を教えてやろう——わし、ひと文字の言葉なら、いくらも読めるのじゃ。どうじゃこれすごくないか？まあ気落ちすることはない。やがてそちにもできる」

ここで再び白のクィーンが言いだしました。「実用問題じゃが答えてみい。パンはどうやってつくるのか？」

「それは知ってる！」アリスが元気よく大声で言います。「しょっぱな粉を用意して——」

「しょっぱなとはどんな花じゃ？ それを摘《つ》む？」白のクィーンが聞きます。「庭でか、生け垣でか？」

「あのね、摘まない」とアリス。「碾《ひ》くの——」「地べたじゃから低ってか！」

と白のクィーン。「地べたの話じゃからって、とちってばかりだのう」

「顔、あおいでおやり！」赤のクィーンが心配そうに割って入ります。「いろいろ頭を使うから熱が出てきたのじゃ」そこで二人、葉っぱの束でいそいそとアリスをあおぎはじめ、アリスは途中でやめてくれるようにおねがいしなければ、髪がばらばらになってしまうところでした。

「調子よくなったようじゃ」と赤のクィーン。「今度は語学。フィドル・デ・ディーをフランス語で言うと？」

「フィドル・デ・ディーは英語ではありません」アリスがきっぱりと応じます。

「そうじゃとだれが言うた？」と赤のクィーン。

今度ばかりは楽に逃げられそうに思えましたから、「フィドル・デ・ディーが何語か言ってもらえれば、フランス語では何か答えます！」と、アリスは勝ち誇って大声で言いました。

しかし赤のクィーンは背筋をしゃんと伸ばすと言いました。「クィーンたる者、取り引き無用」

「質問も無用に願いたいわね」と、これはアリスのひとりごと。

「言い合いこそ無用じゃ」心配そうに白のクィーンが言いました。「稲光りの原因は何かの？」

「稲光りの原因は」答えに自信があったものですから、とてもはっきりとアリスは言いました、「それは雷——あらちがう、ちがう！」あわてて訂正します。

「その逆、と言ったつもりで」

「訂正してもおそい」と赤のクィーン。「いったん言うたら、それで決まりじゃ。なら結果は引き受ける」

「それで思いだしたが——」目を落とし、もじもじと指をからめたりほどいたりしながら白のクィーンが言いました。「この間の火曜に、ありゃひどい雷雨じゃったのう——最後の火曜組みのひとつに、ということじゃが」

アリスにはなんのことかわかりません。「わたしたちの国では」とアリス、「一日は一度に一回きりですが」

赤のクィーンの出番です。「なんとも貧乏くさい世界じゃなあ。ここではの、大体一度に昼と夜を二つか三つとるし、冬なんか時には五夜まとめてとったりもする——むろん暖をとるためじゃが」

「五夜が一夜よりあったかいわけ？」アリスは思いきって聞いてみました。

「もちろん五倍あったかい」

「同じルールで言えば五倍寒くもあるわけね――」

「正解！」と赤のクィーン。「五倍あたたかく、しかして五倍寒い――わしがそちより五倍富み、しかして五倍賢いのと同じ！」

　アリスはため息をついて、それ以上応対するのをあきらめます。「まるでもう答えのないなぞなぞみたいなんだもの！」と思いました。
「ハンプティ・ダンプティもそれを目にしている」と白のクィーン。まるでひとりごとみたいな小声でした。「手にコルクの栓抜きを持って戸口に来たが――」
「なんの用だったのかい？」と赤のクィーン。
「中に入れまいかと言うとった」白のクィーンは続けます。「カバをさがしておるとかでの。ところがその時たまたま、家にそのようなものはいなかった、あの朝はな」

「いつもはいるんですか？」びっくりしてアリスが聞きます。

「うむ。木曜に限るがな」と白のクィーン。

「なぜ戸口にやってきたか、知ってます」とアリス。「魚に罰を与えたかった、どうしてかと言うと――」

　ここで白のクィーンが再び口をひらきました。「ありゃひどい雷雨じゃった。考えもおよぶまいが！」（「この子には考えなんてものないよ」と赤のクィーン）「屋根に一部穴があいて、ものすごい雷が入ってきた――大きなかたまりで部屋じゅうごろごろしまくり――テーブルや何やらひっくり返しおった。あんまりこわかったもので、自分の名がどうしても思いだせなんだほどじゃった！」

　アリスが心中思ったのは「わたしだったら、そんな災難の最中に自分の名前を思いだそうとなんかするはずない、そんなことしてなんの役に立つのだろう？」ということでした。もちろんかわいそうなクィーンの心を傷つけてはいけないので、声に出しては言いませんでしたが。

「アリス陛下にはこの人をなにとぞお許し下されませ」赤のクィーンがアリス

に言いました。自分の手に白のクィーンの片方の手をとって、やさしくなでてやっております。「人はよいのじゃが、大体が愚かなことどもを口にせいでおらぬのです」

白のクィーンがおずおずとアリスを見つめています。アリスは何かやさしいことを言ってやらねばとは思ったのですが、その時はまったく何も思いつきませんでした。

「育ちがよいとは決して言えぬが」と、続けて赤のクィーン、「気立てのよさは驚くほどじゃ。頭を軽くポンポンしてやると、心から嬉しそうにする！」と言われても、クィーンを相手にそんなことする勇気はアリスにはありません。

「ちょっと親切にしてやって、髪を紙でまとめてやったりすると、この人には魔法のようにきくし——」

白のクィーンは大きなため息をつくと、頭をアリスの肩にもたせかけます。そして、うめくように「ほんに眠たい！」と言ったのです。

「かわいそうに、疲れとる！」と赤のクィーン。「髪なでておやり——ナイトキャップ貸しておやり——やさしい子守歌のひとくさりなりと、どうじゃ」

アリスは最初の提案に従おうとしましたが、途中で「ナイトキャップ持ってきてない」と言いました。「それに、やさしい子守歌、知らないの」「ではわしが」と赤のクィーンがはじめます――

おやすみ、レイディ、アリスのひざで!
うたげ始まるまではうたたねして。
うたげ終われば、つぎ舞踏の会――
赤の女王、白の女王、アリスとみな大勢!

そして「どうじゃ文句おぼえたじゃろ」アリスのもう一方の肩に頭をのせながら言い足しました。「今度は、わしに歌うておくれ。わしも眠うなったによってな」次の瞬間にはクィーン二人熟睡《うまい》も深く、いびきも轟々《ごうごう》。
「どうすればいいの?」ほんとうに当惑してあたりを見やりながらアリスは大

声で言いました。まず第一の丸い頭が、続いて第二の頭がアリスの肩からずり落ちて、大きなかたまりとなってアリスの膝《ひざ》の上にころがっているのです。「いっぺんに二人寝てるクィーンの面倒みるなんてこと、いままでだれにだって絶対ないはずよね、だれにも！　絶対ない、イングランド史上に絶対ない――だって一度に二人のクィーンなんてなかったもの。目さましてください、重いんですったら！」アリスはいらいらしてきて、言いました。でも答えはなし。あるのは気持ちよさそうないびきばかりでありました。

いびきは刻一刻はっきりしはじめ、まるで音楽のような感じになりました。と

うとう言葉も聴きとれるまでになり、アリスはあんまり一生懸命聴き入っていたものですから、ふたつの大きな頭が突然膝からなくなったのに、そのことにびっくりすることさえありませんでした。

いつの間にかアリスは、アーチになった戸口に立っていました。戸の上には大きな字で「**アリス女王**」とあり、アーチの両側にはそれぞれベルの取っ手があって、片方には「客用」、もう一方には「召使い用」とありました。

「歌が終わるまで待っていよう」とアリスは思いました。「そのあとで鳴らすんだけど——だけど——どっちのベル？」取っ手についている名前に当惑しながら言います。「わたし、客じゃないし、召使いでもない。『クィーン』ってのがないとおかしいわよね——」

その時、少しだけ戸があいて、長いくちばしを持った生きものがちょっと顔をのぞかせて、「さ来週まで立ち入り禁止！」と言うと、ドアはまた、バタンとしまってしまいました。

アリスは長い間ノックし、ベルを鳴らし続けましたがむだでした。しかしやっと、木の下にすわっていた年寄りのカエルが立ちあがると、よろよろとアリスの方にやってきました。明るい黄色の着物で、大きな靴をはいたカエルでした。

「なんの御用だで？」カエルは深いかすれた小声で言いました。

ふり向いたアリスは、だれでもいいから、やつ当たりしたい気分でした。「戸に答える役の召使いさん、どこ？」怒りにまぎれて切りだします。

「どの戸だって？」

カエルの低くだらだらした声にいらだって、アリスはじだんだを踏むばかり。

「こ、この戸よ、他のどれだって言うの！」

カエルは少しの間、とろんとした大きな目で戸口をながめていましたが、やがて近づいていくと親指で塗装がはげ落ちないかためすというふうに、戸をこすりはじめました。それからアリスに目を向けます。

「戸に答えるとか言いなさったなあ」とカエル。「戸が何かたずねたんか？」ひどいかすれ声なので、アリスにはほとんど聞きとれません。

「何言ってるんだか」とアリス。

「ちゃんと英語、のつもりだがねえ」とカエル。「それとも耳悪いのけ？　こいつがあんたに何を問うたと？」

「別になあんにも！」アリスはいらいらして叫びます。「ずっと叩き続けよ！」

「そらだめだ――やっちゃいげね」カエルがもごもご言いました。「いがらせっちまうよ、こいつを」それから立ちあがると、カエルは大きな片足でドアに蹴りをひとつ入れました。「こいつほっとぐんだな」と、あえぐように言うと、元の木によろよろと戻っていきました。「そしたらこいつもあんだをほっとい

でくれるさぁ」

この時でした。戸がバーンとひらき、鋭い声がこう歌うのが聞こえました。

鏡の国の世界にこう言ったのはアリス、
「我が手に笏《しゃく》を持ち我が頭に冠《かんむり》す。
鏡の国のものどもよ、きみが何であろうとも、
食べに来や、赤の女王、白の女王、そして我と！」

そして何百という声のコーラスで

早くグラスをなみなみ満たせ、
テーブルにボタンやぬかを、まきちらせ。

コーヒーに猫を、ネズミをお茶に――
女王アリスにいやさか、三十を三回！

それからどおっと乱れた歓声が続きました。そこでアリスが思ったこと、「三十を三回、って九十回じゃない？　それ、だれか数えてるの？」一分もすると再びの沈黙。そして同じ鋭い声が別の一連を歌います。

「鏡の国のものどもよ」とアリス、「近うに！
我見るはほまれ、我聞くは恵み。
食べてお茶するこの世の栄誉、
赤の女王、白の女王、そして我とともに」

そしてここでまたコーラスが――

糖蜜とインクでなみなみ満たせ、
飲んでうまけりゃ何でも満たせ。
砂をサイダーにまぜ、ワインを羊毛に——
女王アリスにいやさか、九十を九回！

「九十を九回ですって！」アリスはびっくりして繰り返します。「そんなの、やってられないわよ！　すぐ入りましょう——」そうしてアリスが戸口に入っていくと、姿が現れた瞬間、あたりは水を打ったようにシーンとしました。
大きなホールを歩いていきながらアリスはドキドキしてテーブルのまわりに目をやります。客は五十を数えるほどだったでしょうか、ありとあらゆる種類の客がいました。動物もいれば鳥もおり、中には二、三の花までが客でした。「招待されるの待っていてくれなくて助かった」とアリスは思いました。「だれを呼ぶべきかなんてわかるはずもなかったんだから！」

テーブル上座《かみざ》に椅子《いす》が三つあり、うちふたつにはすでに赤と白、二人のクィーンがすわっておりましたが、真ん中が空席でした。アリスはそこに着席します。なんとも気づまりな沈黙で、アリスは早くだれか何か言ってくれないものかと思っていました。

やっと赤のクィーンが口をひらくと、「そなた、スープと魚を逃がしましたぞえ」と言いました。「骨つき肉を！」給仕たちがアリスの前にマトンの脚肉を置きます。アリスは肉を前に気おくれを感じていました。いままでに骨つき肉を切ったことがなかったからです。

「恥ずかしいようじゃの。わしからマトンの脚肉氏に紹介してやろう」と赤のクィーン。「アリス――こちらがマトン。マトン――こちらがアリス」マトン脚肉は皿の中で立ちあがると、アリスに一礼しました。アリスも礼を返したのですが、びっくりしてよいやら、面白がってよいやらわかりませんでした。

「ひときれ、いかがですか？」アリスはナイフとフォークをとると、二人のクィーンの顔をうかがいました。

「いらぬぞえ」赤のクィーンがきっぱりと言いました。「紹介してもらった相手は何者だろうが、これを切るなど礼儀に反する。肉を退《さ》げや！」

給仕たちは骨つき肉をさげ、代わりに大きな干しブドウプディングを持ってきます。

「ご紹介は結構でございます」アリスはあわてて言います。「このままじゃ何も食べられないもの。少しおとりしましょうか？」

しかし赤のクィーンは不機嫌《ふきげん》そうで、こんなふうにうなり声をあげました。「プディング——こちらがアリス。アリス——こちらがプディング。プディングをお退げ！」

給仕たちはたちまち退げましたの

で、アリスは返礼さえしておりませんでした。

　それにしても、なぜ命令を下せるのが赤のクィーンだけなのかアリスは腑《ふ》に落ちませんでしたから、ものはためしと、ひとこと大きな声で叫んでみました。

「給仕！　プディングをもう一度ここへ！」すると手品かなんかみたいです、一瞬にしてプディングが戻ってきます。あんまりにも大きいので、マトンの時と同じくちょっと気おくれせずにはすみませんでしたが、ぐっと恥ずかしさをおさえて、アリスはひときれ切りとると、赤のクィーンにさしだしました。

「なんたる礼儀知らず！」とプディング。「もしわたしがあんたからひときれ切りとったらどう思うんだろうなあ？」

　ふとい脂《あぶら》を引いたような声でプディングに言われて、アリスには返す言葉がありません。ただすわって相手を見つめながらあえいでいる他はありませんでした。

「何かお言いなさい」と赤のクィーン。「会話全部プディングまかせなんて、ばかげてますよ！」

「あのね、わたし、今日、ものすごくたくさん、歌をうたってもらったんですが」言いはじめたとたん、まわりが死んだように静まり、すべての目が自分に注がれているのがわかって、アリスは少しこわくなりました。「それでね、ほんとうに変なのは――どの歌もが魚に関係しているの。ここらあたり、どうしてみんなこう魚が好きなのか、御存知じゃないですか?」

アリスは赤のクィーンに言ったのですが、クィーンの返事は少々的はずれなものでした。「魚と申せばの」クィーンは口をアリスの耳もとに近づけると、ゆっくりと、おごそかに言いました、「白の陛下は楽しいなぞなぞを御存知での――全篇が詩での――魚の話じゃ。そらんじてもらえますかの?」

「赤の陛下にあらせられては、そのことを言うていただいて恐縮至極でございます」と、アリスのもう一方の耳もとで白のクィーンがもごもごと言います。鳩のくうくういう声に似ています。「すごくいい詩でのう。やりましょうかの?」

「ぜひにもおねがいいたします」と、とても丁重にアリスは言いました。

白のクィーンは嬉しさで声をたてて笑い、アリスの頬をなでてから、はじめました。

「まずはこの魚とらえにゃならん」

それはカンタン、赤子でもとれら。

「次はこの魚買わねばならん」

それもカンタン、一ペニーで買えら。


「その魚、さばいておくれ」

そいつはカンタン、一分ありゃできら。

「そいつを皿にのっけておくれ」

それもカンタン、はや皿のなか。


「早くこっちへ！　一口まずは」

それはカンタン、皿持って来い。

「あけろ皿ぶた、さあとれよカヴァー！」

なんたるかたさ、あけるの無理！
　まるでニカワでべったん――
ふたと皿、この魚しっかりその間、
　いったいどっちがカンタン。
とるか魚のカヴァー、とくか謎をディスカヴァー

「一分あげるから考えて、答えをお出し」と赤のクィーン。「その暇にわれらは乾杯じゃ――クィーン・アリスにかんぱーい！」赤のクィーンはあらん限りの声で叫びました。客全員がたちまち乾杯したのですが、そのやり方の珍妙なことったら――グラスをろうそく消しみたいに頭にのせ、顔に流れ落ちるのを飲む者――水差しをひっくり返し、ワインがテーブルのふちからこぼれ落ちるのをなめる者――三匹《みたり》など（カンガルーによく似ていました）、マトン脚肉の皿に入って肉汁を夢中でなめていました。「餌《えさ》の槽《おけ》の中にいる豚みたい！」と

アリスは思いました。

「ちゃんと御礼のスピーチをしなければなりません」アリスの方に渋い顔を向けながら赤のクィーンが言います。

「われらで支えてやらんとのう」アリスがとても従順に、ちょっとだけびくびくしながら指示に従って立ちあがろうとしていると、白のクィーンが小声で言います。

「おそれいります」アリスも小声で返事をします。「でもわたし一人でやれます」

「それでは話にならん」きっぱり言ったのは赤のクィーン。それでアリスもいさぎよく言う通りにしようと考えました。

(「ほんとにその押してくることったら!」あとで姉さまにこの祝宴《うたげ》の話をすることになった時のアリスの言い方です。「ぺっちゃんこにされるんじゃないかと思ったもの!」)

ほんとうに、スピーチの間、アリスはしっかりと立っていることなどほとんどできなかったのです。クィーン二人、両側からアリスをぎゅうぎゅう押してくるので、ついにアリスは宙に浮いているようになってしまいました。「浮き浮きと感謝の言葉を述べまして――」と言ってスピーチをはじめたのですが、はじめながら体がほんとうに浮き浮きしていたわけです、何インチもね。アリスはテーブルのへりをつかみ、それでなんとか体が浮くのをおさえました。

「用心をおし！」白のクィーンが叫びました。両手でアリスの髪をつかんでいます。「何やら変事が起こる！」

それから（後日《ごじつ》のアリスの言い方では）一瞬にあらゆることが起こりました。ろうそくどもがぐうっと伸びて天井に届いたさまは、まるでてっぺんに団々と花火を咲かせた燈心草《とうしんそう》たちという感じです。瓶《びん》のたぐいと言えば、それぞれが二枚の皿をいそいで翼としてつけ、あまつさえフォークを脚にして、あらゆる

方向に飛びまわっておりました。「もうまるで鳥ね」とアリスは考えました。はじまりかかっている怖ろしい大混乱の中、考えるといったって、それぐらいがせいぜいのところでしたけれど。

この瞬間、アリスの耳もとにかすれた笑い声が聞こえたので、なにごとかと思って白のクィーンに目をやってみますと、クィーンはおらず、マトンの脚肉が椅子にすわっていたのです。すると「わしはここぞ！」という声がスープ壺からしますので、アリスがもう一度ふり向いてみますと、クィーンの人のよさそうな大きな顔がスープ壺のへりから一瞬、アリスに向かってにったりと笑いかけるのが見えましたが、しかしその姿はすぐにスープの中にかき消えていきました。

さあ、もう一刻のゆうよもなりません。すでに客の中には皿の上で横たわっている者もあり、スープのお玉はテーブルの上をアリスの方に向かって来、いらいらした様子で、じゃまだからどけと言っております。

「こんなの、もう許さない！」アリスはそう叫ぶととびあがって両手でテーブルクロスをつかみ、えいっとばかりにひと引き。大皿小皿、客、ろうそくがい

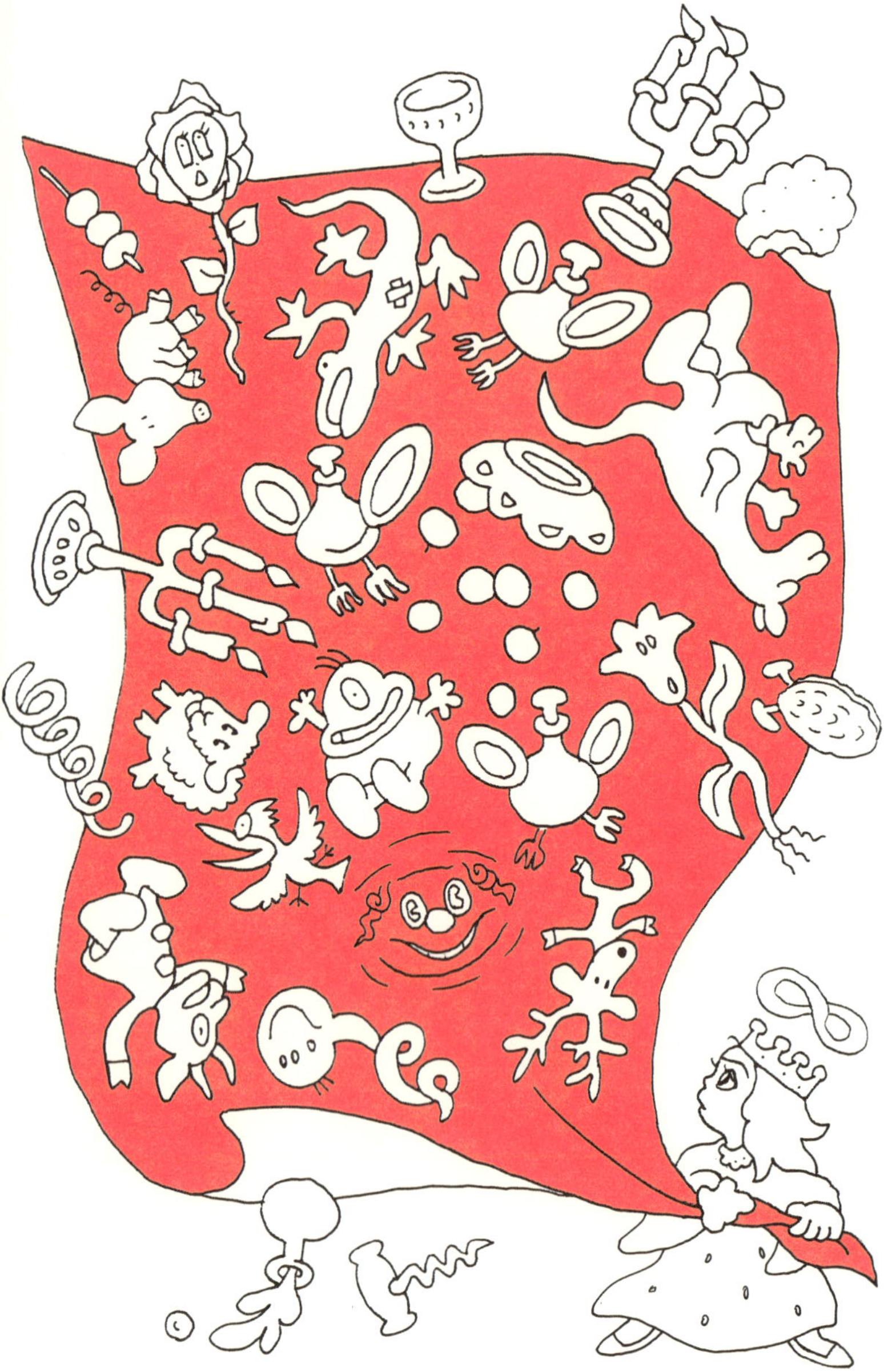

っぺんに衝突し合い、床の上にひとかたまりに落ちていきました。

「で、あなただけど」この大さわぎはみな赤のクィーンが原因とアリスは考えていましたから、こうべをめぐらせてクィーンをきっとにらみすえよう——としたのですが、クィーンの姿はもはやなく——いきなりちっちゃな人形の大きさに縮んでいって、いまはテーブルの上で、後ろに引きずる自分のショールを追って嬉しそうにくるくる走り回っているのでした。

他の時だったら、アリスはこの成り行きにびっくり仰天したにちがいありませんが、いまはあんまりにも頭に血がのぼっていて、何かにびっくりしているいとまはありませんでした。「で、あなただけど」と、もう一度アリスは、いましもテーブルにおり立ったばかりの瓶の上をぴょんととびこえようとするちいさな何かをつかまえながら繰り返します。「ゆすぶって猫にしてやる、絶対！」

X
ゆすぶると

言いながらアリスは相手をテーブルからつかみあげると、力いっぱい前後にゆすぶったのです。

赤のクィーンはまったく手向いしません。ただ顔がとてもちいさくなり、目がどんどん大きく、グリーンになりました。アリスがゆすぶっているいまも、どんどんちいさく――どんどん肉がつき――どんどんやわらかく――どんどん丸っこく――あげくには――

XI

めざめて

――あげくには、ほんとうに猫だったのです、つまりは。

XII

夢を見たの、どちら？

「赤の女王陛下にあらせられては、そんなにのどをごろごろいわせてはなりませぬ」と、アリスは目をこすりながら仔猫《こねこ》に丁重に、しかし少しきびしく話しかけました。「おまえのおかげでさめちゃった！　面白い夢だったのに。おまえ、ずっとわたしと一緒だったのよ、キティ――鏡の国じゅう、ずっと。ちゃんとおぼえてる？」

仔猫っていうものにはとてもやりにくいところがありますね（これ、アリスも言ってたことなんですが）、何を言おうとしてもいつだってごろごろしか言わないんだから。「『はい』の時はごろごろだけ、『いいえ』ならにゃあにゃあ、なんかそういうやり方があるんなら」とアリスが言ったことがあります、「ちゃんとお話できるのに！　いつも同じこと言ってるだけじゃ、話にならないじゃない？」

　この時も、仔猫はごろごろ言うだけでした。だから「はい」なのか「いいえ」なのか、さっぱりわかりません。

　そこでアリスはテーブルの上のチェスの駒《こま》の中から赤のクィーンをさがし出し、暖炉の敷物に膝《ひざ》をつくと、仔猫とクィーンを向かい合わせに並べます。「さあ、キティ！」勝ち誇ったように手を叩きながらアリスは大声で言います。「おまえ、これになっちゃってたって白状なさい！」

（「でも、わたしを見ようとしなかったわ」と、後日《ごじつ》姉さまにことの次第を説明する時、アリスは言いました。「顔そむけて、見てないふりなんかするんだから。でもちょっと恥ずかしがっているようだったし、絶対赤のクィーンだったはずだわ」）

「もっとしゃんとなさい！」言いながらアリスは大笑いしました。「膝折りのおじぎをしながら、何をごろごろ言うか考えるのじゃ。時間の節約になる、おぼえておおき！」それから抱きあげると、赤のクィーンだったことを祝《しゅく》してちょっとキスしてやりました。

「スノウドロップちゃん！」まだ我慢して毛づくろいされ続けている白い仔猫を肩越しに見ながら、アリスが言います。「ダイナったら、いつになったら白の陛下の毛づくろいを終わらせてくれるつもりなのかしら。おまえ、きっとそのせいで夢の中ではずっとだらしなかったのよ――ダイナや、おまえがぺちゃぺちゃなめてるお相手が白のクィーンさまだってわかってるの？　ほんとうにおそれ多いこと！」

「で、ダイナや、おまえは、何になってたんだろう？」暖炉の敷物にひじをつき、あごを両手にのせてくつろぎながら、アリスのおしゃべりが続きます。「ひょっとしておまえ、ハンプティ・ダンプティだったの？　きっとそうだと思う――でもまだお友達には言わないでおく方がいいかも。わたしも自信はないの」

「ところでキティ、もしおまえ、夢の中でほんとうにずっと一緒だったんだとしたら、ひとつだけ嬉しかったはずよね――いっぱい歌が出てきたけれど、みんなお魚の歌だったからね！　明日の朝ごはんは本物のお魚、食べてよ。食べてる間、わたし、『せいうちと大工』歌ってあげる。そしたら食べてるのカキだと思えたりしてね」
「でもね、キティ、夢を見たのだれなのかしらね。むつかしいわ。そんなふうに手をなめてばかりいないで——まるでダイナが今朝なめてくれなかったみたいじゃなくって！　夢を見たのはわたしか赤のキングのどちらかのはず。キングはわたしの夢に出てきた——でもわたしもキングの夢に出ていた！　赤のキングの方かなあ？　おまえ、あのキングの奥さんだったんだから、わかるんじゃないの——ああキティ、決めるの手伝ってよ！　毛なめるのなんて、いつだってできるじゃない！」でもなまいきな仔猫はもうひとつの手をなめはじめ、何も聞かなかったふりをするのでした。

きみはどっちだったと思う？

あかるき穹《そら》がもと小舟《おぶね》ひとひら
力《りき》みもせで　漂う夢みるがごと
すなわち　時こそ夕辺《ゆうべ》　七月《ふみづき》は——

ぷうと笑《え》み　身寄《みよ》する三人《みたり》の子ら
麗《れい》なるひとみ　耳もそばだてつ
座もたすはなし　聴きたき心のまんま

んと　温《ぬく》きかの日の穹《そら》　色薄れて久しくも
水上《すいじょう》　交わせる声遠く　記憶も死せり
立秋の　霜に葬《ほうむ》らるるか　七月《ふみづき》も

どの女子《おみなご》の　霊のごと憑《つ》きて離れぬか
瑠璃《るり》の穹《そら》がもと　歩める亜利主《ありす》を
覚醒せる目どもの　ついぞ得見《えみ》ぬは

いまも　子らのまんまはなし聴く
たえなるひとみ　耳もそばだてつ
類は類と　身寄する姿もかわゆく

いやふしぎの国に　女子ら横たわりて
すぎも行く　ときのままに浅き夢みし
来た夏　逝《ゆ》く夏の　まにまに夢をみて

やまず行く川の　流れを漂いくだり――
朗《ろう》と　たゆとう黄金《きん》の光浴びて――
流離《るり》のこの生　そも夢ならで　なに

完

訳者あとがき

　もう二年もたったのかと思わされますが、二〇一五年は『不思議の国のアリス』出版から百五十年という記念の年でした。いろいろな記念の企画がある中、ぼくも各種企画に参加させていただき、幸いどれも好評高評を得られまして、まことにありがとうございました。とりわけあたたかい評価で記憶に残るのが、亜紀書房から刊行した拙訳『不思議の国のアリス』でした。その好評判の理由は、ひとえに挿絵を提供していただいた伝説の漫画家・絵本作家、佐々木マキ先生の、あまたある『アリス』挿画の歴史中にもぶっとんだ斬新、爽快の挿絵に尽きました。当然といえば当然なのかもしれませんが、続巻『鏡の国のアリス』邦訳の話も佐々木マキ・高山宏のコンビでという話となり、佐々木先生の挿絵のラフスケッチを目の前の壁に貼りつけて訳を進める楽しい作業が続いたのです。

　続篇『鏡の国のアリス』は前作がとても自然に、とにかくはじめたとたんどんどんひとりでに（「ふたりでに」ならどうなんだろうね?!）できていった（キャロル自身そう言っております）のとは対照的に、チェスの棋譜と対応しているとか、随分頭をひねって計算ずくでつくられた作品という評価が定まっています。だからこの正・続二冊のどちらの『アリス』がきみは好きですかという問いが、キャロル・ファンの間では出発点、というかいろはになっているわけです。「きみはどっちだったと思う?」ってわけですね。

　チェスと文学創造は似ている、もしくはこのところ将棋や碁の世界的旗手・棋聖が人工知能相手に全然勝てなくなっているが、では詩や小説は機械に勝てるのかという「文学とテクノロジー」（ワイリー・サイファー）の問題、むしろ文学〈も〉立派にテクノロジーなのだという議論がさかんになる中で、テクノ狂《マニア》だったキャロルの「童話」はどうなんだというテーマが、確実に前に出てきている状況です。単なる童話なんかであるものか、と。実はちょっと変わり者の一キャロル研究者としてのぼくなども、こういう頭をひねりまくって仕上げられた精巧な「文学機械」（ジル・ドゥルーズ）としての『鏡の国のアリス』が嫌いでない、というかむしろ積極的に好きといってよいのです。

よいのですが、「研究者」としての自分はさておき、「読者」としてのぼくは別に『不思議の国のアリス』の「ひとりでに」できたなどという作者の告白など本気で信じているわけではなく、こちらはこちらで結構頭をひねりまくって拵《こしら》えたものという認識でいます（先般天寿をまっとうされてなくなられた天才的『アリス』詳注者、マーティン・ガードナーさんもこういう認識で注釈をつけておられました）。ならば逆に、『鏡の国のアリス』の方は、計算ずくという世評にかかわらず、どんどん「ひとりでに」出てきた流露感と自然な感じあふれる本ではないか、と思っていただけるような訳をめざしてみました。大きな実験、というか一翻訳家としての力を問われるチャレンジということができます。

作品中の「ジャバウォッキー」詩はまさしくその試金石です。自由自在に訳してよいのですが、あとからハンプティ・ダンプティのつける注釈がブレーキをかけるという、まるでキャロルの翻訳家のだれしもに、キャロルが予めしかけた訳者殺しの悪戯《いたずら》装置ですよね。マーティン・ガードナーの詳注本を訳す者は、この上に詳注者の考えとの辻褄あわせさえ課題に加わる理屈なので、死ぬっ！（でも面白い。なくなる前にガードナーがアリス注釈の極限をいった

『詳注アリス』の百五十周年記念エディションも拙訳、亜紀書房刊で近々お楽しみいただける予定！）

訳者個人としての収穫もいろいろありました。一番ふうん、そうなんだと思ったのは詩（ほとんどがパロディ詩「バカバカ詩？」であるのは有名です）の訳です。英語詩の面白さを（特に形式の上で）それにそこそこ対応する日本語の詩に移すのは至難のわざだし、大して意味のあることとも思いません。せめて脚韻くらい、ここ韻踏んでるんだよとわかるほどには翻訳した詩にも活かそうとは心掛けました。

ぼくはこれまでにも二度、『鏡の国のアリス』を訳したことがありますが、その時のこと、各行の頭の文字をずっと拾うとキャロルが愛していた少女たちのフルネームがあぶり出されるアクロスティックという言葉遊びなんかちゃんと訳そうとしているのに、これだけいっぱい挿入される『アリス』物語中の詩の脚韻をちゃんと訳す工夫くらいしなさいよ、と何人かのキャロリアンに言われました。訳詩でただ行末の音がそういうぐあいにそろったって、それだけのこと、それ以上どうってことないとずっと考えてきました。

それが意外に面白かったのです。行末の音をそういうふうに決められてしまうと、行中の語やフレーズを入れ替える必要が出てくるケースが多いし、ほどほどに同じ意味でも音がちがう語に替えないといけないことも多いし、そうやって（ちょっとムリして）こさえられた行が想定外の音の遊びになったりもしたのです。押韻にこだわることで面白くなりかかっているラッパーたちの時代、これもありかと感心した次第です。しかもアクロスティックの方も巧くいって（最後の「跋詩《ばっし》」の各行の最初の一字を横に読むと「ありすぷれざんすりどるかいた「書いた／欠いた」るいすきやろる」があぶり出されます。「ん」で始まる一行がご愛敬ですね）、期せずして翻訳のマニエリスムの実験を訳者も、意識せぬうちにやっていたことになるのですが、そんなむつかしい話はまた後日のこと、とにかく声に出して読むことで、おたのしみください(「マニエリスム」という呪文だけ、頭のどこかに入れておいてもらいたいな)。

「ジャバウォッキー」を訳せたんだから、もうこわいもの、ありません。かなり厄介なしゃれも、同等の、場合によっては別種の日本語の面白さに移し替えられたという(ささやかな)自負はあります。日本語にできない英語の言葉遊びはない、訳語がないように思って次善策に逃げるとすれば訳者の怠慢、無能だと言い放った故・柳瀬尚紀先生のおそろしい言葉に、行きづまるたび逆に元気をいただきました。これを翻訳しはじめたタイミングで先生の訃報《ふほう》に接し(2016・7・30)愕然としました。世界翻訳史上に残る「語呂つき」の「機知甲斐ざた」にあらためて畏怖と、そして感謝を。

ぎっくりしゃっくり考えこみながら、というのでなく、にっと笑い大笑いしながら、あっという間に読んでいただくのが『鏡の国のアリス』への一番の供養(?)かと考えています。

佐々木画伯との御縁あらためてありがたく。装本の祖父江慎、鯉沼恵一さんへの感謝ももちろんのことです。亜紀書房の小原央明さんへの感謝、それは言うまでもありません。

帯に勿体ない詩をいただいた詩人の谷川俊太郎先生とは、四十年ほど前にアメリカ詩の研究で一世をふうびした故・金関寿夫先生の成城の御宅での愉快なお喋り以来の御縁ですが、ほんとうに有難い。翻訳家としてのぼくの四十年の活動の始めと終わりに谷川さんがいることになって、有難いと言うしかないという思いです。

二〇一七年三月三日

高山宏　識

高山 宏（たかやま・ひろし）
1947年岩手県生まれ。批評家。翻訳家。1974年東京大学大学院人文科学研究科修士課程修了。大妻女子大学副学長・比較文化学部教授。著書に『アリス狩り』『近代文化史入門　超英文学講義』『殺す・集める・読む　推理小説特殊講義』『新人文感覚Ⅰ　風神の袋』『新人文感覚Ⅱ　雷神の撥』ほか多数。翻訳書にウィリアム・ウィルフォード『道化と笏杖』、ジョン・フィッシャー『キャロル大魔法館』、エリザベス・シューエル『ノンセンスの領域』ほか多数。

佐々木マキ（ささき・まき）
1946年神戸市生まれ。マンガ家・絵本作家・イラストレーター。1966年に「ガロ」でマンガ家デビュー。1973年、福音館書店より絵本『やっぱりおおかみ』を刊行。マンガ作品集に『佐々木マキ作品集』『ピクルス街異聞』『佐々木マキのナンセンサス世界』『うみべのまち』。絵本に『ぼくがとぶ』『ぶたのたね』『ムッシュ・ムニエルをごしょうかいします』『ねむいねむいねずみ』ほか多数。エッセイ集に『ノー・シューズ』などがある。京都市在住。

鏡の国のアリス

二〇一七年 一二月二四日 第一版第一刷発行

著 者 ルイス・キャロル
訳 者 高山 宏
絵 佐々木マキ
デザイン 祖父江慎＋鯉沼恵一（cozfish）
編 集 小原央明
発行所 株式会社亜紀書房 http://www.akishobo.com
〒一〇一-〇〇五一 東京都千代田区神田神保町一-三二
電話 〇三-五二八〇-〇二六一 振替 〇〇一〇〇-九-一四四〇三七
印刷・製本 株式会社トライ http://www.try-sky.com

ISBN 978-4-7505-1530-4 C0097 乱丁本、落丁本はお取り替えいたします。